I0627398

Rafael Olivares Ballesteros

Leyendas del Norte

Muertos, aparecidos, seres malignos y mucho más...

Skiros

Doctor Erazo 120, Colonia Doctores
C.P. 06720, México, D.F.
Tel. (52 55) 51 34 05 70
Fax. (52 55) 57 61 57 16
Lada sin costo 01800 821 72 80

Título: *LEYENDAS DEL NORTE*
Autor: Rafael Olivares

Diseño de portada: Socorro Ramírez Gutiérrez
Ilustrador de interiores y portada: Guillermo Graco Castillo

D.R. © Selector, S.A. de C.V. 2009
Doctor Erazo 120, Col. Doctores
C.P. 06720, México, D.F.

ISBN: 978-607-453-038-4

Primera edición: septiembre 2009

Sistema de clasificación Melvil Dewey

868M
091
2009

Olivares, Rafael
Leyendas del Norte / Rafael Olivares.—
México, D.F.: Selector, S. A. de C.V., 2009.
208 pp.

ISBN 13: 978-607-453-038-4

1. Literatura juvenil. 2. Narrativa.

Índice

Agradecimiento

A mis fuentes:

Marco Antonio Benjamín Vergara Santana
Doña Ramona Gutiérrez de Cantú
Diana Elizabeth Zapata Álvarez
Don Héctor de la Rosa Piñón
Sra. Blanca Mejía Hernández
Don Josué Palomares López
Nancy Nallely Ojeda Dimas
Prof. Juan Carlos Rentaría
Don José, *el Negro*, Reyna
Claudia Rodríguez Guerra
Don Luis Cervantes Salas
Alfonso Estrada Balderas
Don Raúl Santillán Hernández
Don Juan Ángel Zuazua
Sra. Juanita Veloz

*****

Introducción

Desde la época del Romanticismo, con el fin de facilitar su estudio, las tradiciones fueron clasificadas por áreas y consideradas por países y regiones; a saber: música, canto, poesía, danza, indumentaria, gastronomía, supersticiones, refranes, medicina nativa, usos y costumbres. Pero entre ellas, la leyenda, es la reina de las tradiciones. Gracias a ella, la literatura se ha poblado de relatos que han dado cuerpo a miles de volúmenes en todos los idiomas; su temática es tan variada que no bastaría una vida para leer todo lo que en este campo se ha producido a lo largo de la historia.

La leyenda tiene su base en mitos, personajes y entes sobrenaturales cuya existencia y hechos se pierden en la nebulosa de los tiempos hasta llegar a dudar si alguna vez realmente existieron o sucedieron; verbigracia: centauros, sirenas, gigantes, dragones, unicornios, vampiros, duendes, así como tantos otros que sería muy largo aquí citar. La leyenda tiene también base en hechos sobrenaturales donde pasean personajes como la bruja, el diablo, el aparecido, el animal fantástico; o la memoria de crímenes y tragedias que quedaron en el recuerdo del pueblo y son narradas a partir de la interpretación y la memoria de cada quien.

El norte de México posee un gran acerbo de relatos legendarios, la mayoría inéditos porque son pocos los que se han lanzado a la romántica cruzada de rescatarlos del olvido; pero ahí están, por pueblos y comunidades rurales, esperando en la memoria de los ancianos —testigos del tiempo y su acontecer— hasta que el testimonio sea recopilado y preservado en publicaciones como la presente, o muera con nuestros viejos, quienes se van sin que alguien haya escrito las historias que partirán junto con ellos. Por eso, esta obra es un rescate y un esfuerzo más por mostrar el rostro verdadero de nuestros pueblos, ya que la identidad de una nación o de una región se encuentra en sus tradiciones, mismas que constituyen el espíritu colectivo.

En esta obra presentamos algunos temas clasificados como maravillas y misterios, porque son hechos fantásticos y algunos hasta de bello contenido; hechiceros y demonios, en los que recreamos la presencia de seres malignos o de misteriosos nigromantes; historias de aparecidos, relatos donde los desencarnados, desde su dimensión, asoman a nuestro mundo para llenarnos de miedo; y también de animales fantásticos en narraciones donde se da un encuentro con entes de naturaleza desconocida.

Abra su mente. Asómese a estas páginas y descubra todo un mundo escondido a los limitados sentidos de nuestra condición humana: historias de hechos verdaderos que quedaron como una interrogante sin respuesta porque todas estas tramas, aunque verídicas, han sido encuentros con el misterio que han pasado a ser leyendas.

Rafael Olivares Ballesteros
rolivaresb@hotmail.com

1

UN ENCUENTRO CON EL NIÑO DIABLO

1. Hermanos pastores, es tiempo de ver
a la Virgen Madre parida en Belén.

2. Vienen los pastores, vienen de la Arabia
buscando al niñito, a ver dónde se halla.

3. Vienen los pastores, vienen del Oriente
buscando al niñito, Dios omnipotente.

4. Hermano Naval, hermano Melisio
por aquellos montes una luz diviso.

Antiguamente, en el mes de diciembre, era gran tradición por todos los pueblos de México la pastorela, esto es, una obra de teatro popular donde, con danzas, cantos y diálogos, se representaban los acontecimientos alrededor del nacimiento de Cristo; básicamente, se trata de pastores en camino a Belén y que a lo largo de la senda son constantemente desviados por una pandilla de diablos que, con base en engaños, buscan que no lleguen a adorar al Niño Dios. Don Candelario, viejo octogenario, me contó una aventura que le sucedió a él y a un hijo suyo, mientras preparaban una de estas obras; una historia que nos llenará de miedo y reflexiones sobre lo que es, o lo que debería ser, el espíritu navideño.

En un pueblo de Coahuila llamado General Cepeda, vivían Candelario y Evelia, dedicados a las labores del campo. Era el mes de diciembre del año 1963, día veinte para mayor razón; faltaba poco para Navidad y aquel día sería recordado por el resto de sus vidas.

Don Candelario y Nicolás, su hijo, caminaban de un rancho a otro para ensayar la pastorela que año con año era costumbre se presentara el día veinticinco, lo cual servía de ocasión para que se reunieran los pobladores de ranchos, ejidos y comunidades cercanas a celebrar el nacimiento del Niño Jesús. Don Candelario representaba al diablo mayor; y aunque no sabía ni leer ni escribir, se aprendía muy bien los diálogos mientras que su hijo, entonces de unos doce años, era uno de los pastores.

Días antes de empezar los ensayos, revisaban los trajes para que estuvieran en buen estado. Candelario tenía una máscara de diablo con la que hacía su representación y un traje de seda y plásticos en colores negro y rojo; mientras Nicolás tenía para la ocasión solamente un traje de manta con un vistoso gabán de lana y un sombrero de palma.

Aquella tarde del 2 de diciembre se prolongó el ensayo; estaban tan entusiasmados que la reunión se alargó hasta la puesta del Sol. Pero Candelario, ya cansado, se sentó en un banquillo y esperó a que acabaran los últimos preparativos de la representación. Para darle un estímulo, se le ofreció un jarrito de café pero, estaba tan fastidiado, que prefirió rechazarlo; no así su hijo Nicolás que sí deseaba aprovechar el café con pan y seguir jugando con sus amigos. Su padre le habló varias veces para irse, pero el niño no le hacía caso. Le llamó una y otra vez hasta que se desesperó; y ya enojado, se levantó y le puso una bofetada para que obedeciera y se fueran de una buena vez. Después de este mal rato, salió de allí seguido por su hijo que caminaba cabizbajo, humillado y con los ojos llenos de lágrimas.

El Sol había caído y la noche pronto invadiría el paisaje; había que apurar el paso. En ese entonces, el trayecto que tenían que andar hasta su rancho, se componía de largos trechos de montes solitarios. Don Candelario, con el rostro aún endurecido con un gesto de enojo, caminaba rápido y había dejado al niño unos pasos atrás. No se dirigían la palabra. Ambos estaban invadidos por la ira y caminaban en pesado silencio, cuando algo les llamó la atención: se empezó a escuchar el llanto de un recién nacido. Se detuvieron a oír el llorar que flotaba por los aires yendo y viniendo, sin definir de qué lugar provenía. Nicolás, unos metros atrás, se quedó viendo a su padre como preguntando: "¿Qué es eso?" No concebían que en medio del monte pudiera haber un bebé. ¿Sería acaso un pequeño desdichado, tirado a los coyotes por alguna mala madre? Después de oír por breves segundos aquel llanto, se abocaron a buscar a la criatura abandonada, revisando tras rocas y matorrales.

El que lo encontró fue don Candelario. El pequeño estaba al pie de unos arbustos. El niño era sólo un bulto informe totalmente envuelto con unas cobijas viejas que se agitaban y retorcían. El hombre, lleno de consternación y curiosidad, lo tomó en brazos, le destapó la cabeza y medio cuerpo; pero al verlo al rostro, padre e hijo se asustaron ya que el bebé no tenía cara de niño: era muy feo y sus facciones parecían las de un adulto que los miraba con gesto envilecido. Paralizados como estaban por el espanto, no se atrevían ni a dejarlo de nuevo en el suelo.

El pequeño ente, que había dejado de llorar, ahora paseaba su mirada del uno al otro con un gesto de burla siniestra. De repente, con voz escalofriante, ronca y sonora, se puso la mano en la boca y les dijo: "Miren, ya tengo dientitos". Y en la torcida mueca que hizo para mostrar los dientes, tras sus labios se dejaron ver unas encías amarillas profusamente pobladas de largos y afilados colmillos.

Nicolás sufrió un gran sobresalto y dio un paso hacía atrás; pero al ver que se retiraba, el niño diabólico extendió la mano y lo agarró de la manga de la chaqueta y empezó a reír hasta convertir su risa en estridentes carcajadas con un timbre ronco y macabro. Don Candelario sintió que se le erizaban los cabellos de la nuca; y con las corvas tan débiles que se le doblaban de miedo, dejó caer al pequeño monstruo. Al hacer esto, Nicolás se pudo soltar y sin dudar ni un segundo, emprendieron una veloz carrera para escapar de aquel paraje maldito.

Corrieron y corrieron, mientras escuchaban a sus espaldas que el bebé infernal les gritaba maldiciones y se burlaba de ellos; sentían como si la horripilante voz resonara sobre sus cabezas siguiéndolos en vuelo, haciéndoles poner más velocidad a la aterrorizada fuga. Corrieron con tal fuerza, que en veinte minutos ya estaban en la casa, aunque normalmente hacían una hora para llegar.

Al ir acercándose al jacal, cambiaron la carrera por un paso apresurado. Ya no había en sus ánimos espacio para el enojo. Abrazados y asustados, el niño buscaba la seguridad en su padre y el hombre lo apretaba bajo su brazo tratando de darle protección y afecto. Doña Evelia los recibió alarmada al ver el temblor y el rostro pálido de su hijo; y al interrogarlos, tuvieron que relatarle lo sucedido. La mujer les contó que en el mismo punto del monte, a un hermano suyo le había pasado lo mismo; sólo que él no dijo que fuera un bebé sino que se le había aparecido el Diablo mismo.

Esa Navidad, Candelario y su hijo no participaron en la pastorela. Tenían miedo de pasar nuevamente por aquel paraje; y lo malo, era que no había otro camino para llegar al lugar de los ensayos. Tras la caída del Sol, ya nada los haría volver a andar por el lugar donde aquel demonio acechaba a los caminantes.

Pasado el tiempo, analizando esta extraña y terrible experiencia, llegaron a una conclusión en la que usted también ha de estar de acuerdo. Con la pastorela pretendían rendir homenaje al Niño Jesús; pero al caer en desobediencia, violencia, sentimientos de ira y odio, era a *otro* al que estaban sirviendo y agradando. Por eso, buscando al Niño Dios, aquel anochecer se encontraron de pronto ante...

El Niño Diablo...

*****

1
FESTÍN DE BRUJAS

El poblado ejidal llamado Tanque Colorado, en San Luis Potosí, se despertó con una buena nueva. El hogar de Mercedes y Luis se llenó de luz pues había nacido su primer hijo. Era hermoso el niño: de piel muy blanca y sonrosada como la de sus padres; de ojos claros, muy robusto: había pesado casi cuatro kilos.

En cuanto salieron de la clínica, por la casa de la feliz pareja se vio desfilar a parientes y vecinos que llevaban regalos para la madre y su niño: pañales de tela "ojo de pájaro", de algodón o de humilde manta; gorritos, chambritas y zapatitos tejidos a mano, botes de leche en polvo; o cuando menos, algunas piezas de pan de dulce o tortillas de harina recién hechas en casa pues la solidaridad entre familias es tradicional en los hogares mexicanos.

Pero días después, a la caída del Sol, aquel hogar recibió una oscura visita: las hermanas de Luis, dos mujeres de las que poco se hablaba en la familia y que desde el prin-

cipio muy *mala espina* le dieron a la joven madre. Siempre solitarias, siempre vestidas de negro y de mirar torvo; poco hablaban y, como aves rapaces, sólo intercambiaban entre sí miradas de inteligencia, quizá, comunicándose en silencio. Sin embargo, como buena anfitriona, Mercedes las recibió y les mostró su bebé como el premio con que Dios la había bendecido.

Las hermanas, envueltas en el silencio de siempre, se acercaron a la cuna y acariciaron el tierno cabello castaño de la criatura y sus mejillas color de rosa. Sonreían arcanas y se miraban entre sí, mientras Mercedes se estremecía en unos escalofríos que ni ella misma podía entender. No cabe duda que el instinto protector de una madre es una fuerza misteriosa que acentúa el sexto sentido que toda mujer tiene. El niño se agitó y empezó a llorar tan fuerte, que alarmó a su madre quien se acercó inmediatamente a cargarlo entre sus brazos.

Las tías caminaron hacia la puerta, con lo cual daban por terminada la visita. Antes de salir, dieron media vuelta, dilataron los ojos, y clavaron la mirada en el bebé. Con una sonrisa breve y torcida le dijeron a su cuñada:

—¡Qué lindo niño, Meche!, ¡se ve tan sabroso, que nos dan ganas de comerlo...!

Mercedes palideció ante las palabras, les contestó con una sonrisa forzada y las vio perderse en la naciente oscuridad. El niño, al amparo de su madre, había dejado de llorar. Esa noche, Luis tenía que ir a su trabajo de vigilante en unos almacenes cercanos y su mujer le pidió que no fuera, que no los dejara solos porque tenía mucho miedo de lo que habían dicho sus hermanas.

—No tengas miedo, Meche —le contestó con voz tranquilizadora su esposo—. Ellas siempre han sido medio raras, o medio locas, si quieres; pero no es como para que nadie les tenga miedo. Además, hay que trabajar. Duerman en paz. Mañana nos vemos.

La oscuridad invadió el poblado y los campos de Tanque Colorado; y si las estrellas brillaban con gran intensidad, era porque un viento frío arrastró las nubes y empezó a peinar los montes provocando murmullos a su paso entre chaparrales y alambradas. Mercedes hacía guardia ante la cuna de su niño aún no bautizado, aún no consagrado a Dios, mientras las cuentas del Rosario se deslizaban entre sus dedos en el repaso de oraciones silenciosas.

Al avanzar las horas, luchaba por mantener los ojos abiertos en aquella vigilia que sentía necesaria; pero un pesado sopor fue apoderándose de ella y aunque acudió a la cocina a mojarse la cara, cabeceaba y bostezaba en un extraño sueño imposible de resistir. No supo en qué momento cerró los ojos.

Cuando los abrió, con gran sobresalto descubrió que ya la aurora pintaba de malva el Oriente. Al volver la vista a la cuna, la descubrió vacía. Tuvo que ahogar entre las manos un grito de desesperación que se habría oído por todo el caserío.

¡Había qué serenarse! ¡El niño no podía haber desaparecido! Lo buscó por cada rincón de la casa. Ya fuera de sí, salió hasta el patio y no pudo más. El llanto estalló y a causa de sus gemidos, los vecinos empezaron a acudir uno a uno hasta reunirse un numeroso grupo rodeando consternado a la pobre mujer.

Luis regresó una hora antes de lo habitual. La alarma había llegado hasta su lugar de trabajo por un vecino que fue a llevarle la triste noticia. Igual que su esposa, revolvió toda la casa. Al fin, se sentó también a llorar. Había que aceptarlo: su pequeño había desaparecido.

Mercedes, sacudida por el llanto, le recordó lo que habían dicho sus cuñadas.

—¡Estás loca! ¡¿Cómo puedes pensar que mis hermanas van a hacerle daño a su propia sangre?! —fue la respuesta airada de su esposo.

—Nada pierdes con ir a investigar, Luis —le dijo un vecino—. Tus hermanas no son *de fiar...* Además, durante la noche, sobre los techos se oyeron ruidos de grandes alas y chiflidos que a mí, que soy hombre, me llenaron de miedo. No te enojes por lo que te estoy diciendo. Mejor, ve a ver a tus hermanas.

Luis puso el semblante sombrío. En verdad, en la misma familia se creía que sus hermanas mayores eran hechiceras pero, realmente, nadie podría probar nada; sólo eran sospechas o tal vez calumnias de personas de mala fe. Iría. Ya no le quedaban más recursos. Al llegar a la casa de sus hermanas, a las orillas del ejido vecino, salieron las dos a recibirlo con una gran sonrisa.

—Pero, hermano, ¿qué andas haciendo aquí? ¿No deberías estar a estas horas con tu esposa?

Cuando contó lo sucedido y el motivo de su visita, las mujeres endurecieron el semblante; y con aquella intimidante mirada, con gran autoridad le dijeron:

—¡De veras que te has vuelto loco! ¡Sólo a un tonto se le puede ocurrir que nosotras podríamos hacerle daño! ¡Mejor, lárgate de aquí y no nos vuelvas a visitar!

Luis se retiró confundido. No sabía si insistir en su reclamo o pedir disculpas a las arpías. Pero por aquello de las dudas, al atardecer se dedicó a hacer guardia escondido entre el matorral, a una distancia prudente de aquella casa. Y al caer las sombras, con gran horror oyó que se empezaron a escuchar carcajadas en las habitaciones; las macabras risotadas poco a poco se convirtieron en chillidos; y tras un breve silencio, dos lechuzas salieron a la puerta y levantaron el vuelo perdiéndose en la noche.

Luis temblaba de miedo pero, venciendo su espanto, se acercó a la casa y entró hasta el segundo cuarto. Nadie estaba. Sus hermanas se habían ido. Cayó en la escalofriante cuenta: ¡Ellas eran las lechuzas! ¡Tenían razón! ¡Sus hermanas eran brujas! Con un sobresalto que lo sacudió hasta el alma, sobre la cama y oculto entre sábanas, descubrió el cuerpo ya endurecido de su pequeño, con una palidez cadavérica en el rostro, y la piel llena de moretones y pequeños cortes. Le habían vaciado la sangre.

Los hombres también lloran; y Luis lloró todo el camino a su casa, cargando el cadáver de su hijo. Al ir acercándose a su hogar, Mercedes, lanzando un grito de dolor, salió a recibirlo. Las mujeres del vecindario, al fin madres, también lloraron conmovidas ante el cuadro de la pareja abrazando al niño muerto.

Aunque fueron buscadas por todas partes con ánimos de venganza, las siniestras hermanas no volvieron a dejarse ver por la región. La casa de las brujas quedó sola para siempre y Luis decidió curar sus dolores dejando Tanque Colorado para nunca más volver.

Así, se cambiaron a la ciudad de Monterrey. Ahí, en un nuevo trabajo, la prosperidad llegó a sus vidas y otras bendiciones recibieron del Cielo pues tuvieron diez hijos más. Pero aunque tanto consuelo el Señor les mandó, jamás olvidaron su primer dolor y Mercedes se dedicó en cuerpo y alma, día a día, a cuidar celosamente a sus niños hasta verlos crecer y alcanzar la juventud.

El tiempo todo lo cura. Con los años, las heridas se convierten en cicatrices. Pero entre la familia afectada y los vecinos de Tanque Colorado que atestiguaron esta terrible historia, jamás se olvidó aquel horripilante...

Festín de brujas...

*****

3
Entrevista
con el muerto

A fines de los años sesenta llegó, de Concepción del Oro al ejido Nuevo Rodríguez, un curandero; robusto indígena de porte solemne, nacido a fines del siglo XIX, veterano de la Revolución cuya máxima aventura fue su participación en la histórica Toma de Zacatecas.

Anciano experto en las artes espíritas y la magia blanca; venerable por su humanitario con los pobres y enfermos, pronto se hizo famoso en la región por sus curaciones milagrosas. Sin embargo, sólo aplicó su ciencia ancestral sobre el *mal puesto* o casos de hechicería, pues cuando se le presentaba un caso de enfermedad común que no cubría con su herbolaria, él mismo aconsejaba acudir al doctor. De una honradez a toda prueba, fueron portentosas sus demostraciones en las artes mágicas, y pasó por siempre a las memorias de aquella región el nombre de don Ernesto Escobar.

Don Froilán era un trabajador de la hacienda de Santa Cecilia que al constatar en experiencia propia la efectividad del espírita, lleno de agradecimiento, se hizo su amigo: el compañero de pláticas, de recuerdos viejos, como viejo era ya todo lo que acompañaba al noble anciano milagrero.

Su conversación versaba siempre en lo trascendental, en lo profundo e incógnito de todo lo que nos rodea, y entre confidencia y confidencia, Froilán supo que poseía una videncia tan grande, que podía decirle lo que estaba pensando y constantemente le hacía demostraciones adelantándose a sus deseos. Era un brujo a la alta escuela y su amistad era un constante encuentro con el misterio.

Una ocasión, Froilán lo invitó a que lo acompañara a un lugar muy singular donde por las noches se veían fuegos fatuos, se escuchaban ruidos de cadenas y el pesado rodar de un guayín entre pedregales. El sitio se encontraba cerca del arroyo Hondo en la hacienda Santa Cecilia, propiedad colonial cuya antigüedad se remonta a los tiempos de la minería en La Punta de Lampazos y el Real de San Carlos de Vallecillo. Al llegar al lugar era ya de noche. El curandero se paró ante los pozos que buscadores de tesoros ya habían abierto por el área, y dijo a Froilán con toda solemnidad:

—Detente aquí... Me voy a acercar yo solo porque en este sitio hay tres entierros; pero cada uno está cuidado por un espíritu. Tú eres un obstáculo para que se dé el contacto. Voy a tratar de platicar con ellos.

Don Ernesto se adelantó unos 40 metros, y quedó de pie en actitud mística. Un momento después, ante los azorados ojos de Froilán, un jinete hecho de sombras montado en un corcel negro, en maniobras violentas salió rayando el caballo. En movimientos agresivos, pasó junto a él y más adelante, también por donde estaba el nigromante, se perdió diluyéndose en el viento.

Sin inmutarse, el sabio anciano caminó hacia su amigo que aún temblaba, y le dijo al ritmo de su caminar:

—Fue inútil... Los espíritus no quieren entregar la custodia. Aún están aferrados a sus riquezas. ¡Vámonos...!

Una gran experiencia la vivida aquella noche; pero Froilán aún tenía otro sitio que lo inquietaba: era un árbol de goma al lado del camino, por el paso de la represa. Un paraje en los terrenos de la antigua hacienda de La Aguja donde se escuchaban ruidos de herramientas y en algunos sitios la tierra era ardía; todo indicaba que algo había por ahí que tal vez el vidente podría descubrir. Así que unas noches después de la primera experiencia, ya estaban en el lugar en busca de otro encuentro con lo desconocido.

Al llegar al inquietante sitio, inmediatamente el viejo detuvo a Froilán.

—*Ái ´stán* los dineros; pero también tienen un guardián. ¡Detente...! Voy a ver si quiere platicar conmigo.

Don Ernesto caminó unos pasos y adoptó una actitud solemne. Movía la cabeza y de vez en cuando pronunciaba respuestas y preguntas apenas audibles para su acompañante. Unos minutos después, lo llamó a su lado.

—Acércate... Aquí *stá* el tesoro... Esta alma sí aceptó hablar conmigo y me dice que hace más de 120 años él trabajaba en un arreo de oro que llevaban a vender a Estados Unidos. Era un gran contrabando que cargaban en dos acémilas prietas. Pero una gavilla de bandidos los siguió durante días y cuando acampaban, a la distancia también los malhechores descansaban.

Don Ernesto Escobar hablaba con la vista puesta al frente, como atento a todo lo que decía el alma en pena para repetirlo a los oídos de Froilán.

"La distancia se acortaba hasta que, una noche, su rico patrón decidió que tenían que enterrar el oro en este sitio para poder escapar al galope. Sólo una condición había: uno debía quedarse a cuidar el tesoro y dentro de unos días volverían por todo. Él se ofreció; y al instante, ¡recibió un balazo en el pecho...!

"...Cayó confundido, se ahogó en su sangre, y se retorció en el dolor y la agonía. Él pensaba que quedaría por ahí, emboscado, escondido para vigilar el dinero; pero no, su patrón lo había traicionado.

"...Dice que abrieron un pozo y aventaron las talegas de monedas y tejos; y sobre ellas, también cayó su cuerpo. Fue indignamente sepultado y condenado a quedarse aquí por los siglos de los siglos, hasta que alguien se lleve esta custodia maldita.

"...Me dice que quiere entregártela... No está juzgado de Dios y ya quiere descansar... Es una condena que lo ha hecho llorar por mucho tiempo... Va a entregarte el dinero... Mira, fija tu vista en este punto del suelo porque va mostrártelo..."

Ante sus ojos, un leve resplandor fue creciendo en el suelo, y se prolongó hasta alcanzar un metro y medio de largo. Luego fueron configurándose raídas bolsas de cuero llenas de onzas de oro que titilaban un áureo brillo que llenó de emoción a Froilán. Era un túmulo parecido a una tumba, pero conformado por miles de piezas doradas; y, sobre ellas, un esqueleto en posición tortuosa descansaba el sueño eterno. Era el cuerpo de aquel pobre desgraciado que quedó allí, condenado para siempre.

—Hay una condición —continuó don Ernesto—. Dice que hay reglas que debes seguir: Has de venir una noche en compañía de otros seis; porque fueron siete los que lo sepultaron y deben ser siete los que desentierren el tesoro.

"...Dice que nació en un pueblito cerca del mar llamado Tampico. Tomarás sus huesos y los llevarás al panteón de aquel lugar... Serás dueño del dinero... Por último, una advertencia: uno de los siete va a morir al paso de los días...."

—Pero, ¿quién...? ¿Por qué...? —preguntó Froilán súbitamente asustado.

—Dice que él tampoco sabe por qué... Es la regla... Una regla que él no hizo y no puede cambiar... Te suplica que no tengas miedo y que, por favor, lo ayudes a descansar.

—Yo tengo siete hijos —dijo Froilán—. Puedo traer a seis, y conmigo serán siete... Le ofrezco que tome mi vida... ¡Estoy dispuesto a morir para dejar este dinero a mi familia!

—Dice que no puede tomar tu vida; que él no sabe a quién le toque quedarse en su lugar... Que no puede decidir quién muere...

—¡No...! ¡No...! —dijo Froilán dando unos pasos atrás—. ¡Si le tocara a cualquiera de mis hijos, mi esposa y yo nos moriríamos de pena...! ¡No...! ¡Dile que se quede con el tesoro! ¡Que ya no quiero ni verlo! ¡Que ningún oro vale más que la vida de mis hijos...!

Los dos hombres desandaron el camino; y mientras abandonaban el paraje con paso decidido, atrás quedaba un alma en pena sumida en llanto. Don Ernesto Escobar caminaba orgulloso de la sabia decisión de su amigo y Froilán iba sumamente pensativo; pero algo dejó muy claro: ¡jamás se arrepentiría de la decisión tomada!

Hoy, el paraje continúa ahí tan eterno como las piedras y el cielo. Las historias de apariciones, ruidos y fuegos fatuos se repiten noche a noche. Los buscadores de tesoros buscan con afán las riquezas escondidas, mientras ejidatarios y rancheros cuentan esta historia a los niños que asoman llenos de curiosidad a los misterios del pasado. Quizás alguna noche, se repita esta historia y alguien salga huyendo del lugar después de otra macabra...

Entrevista con el muerto...

*****

Hay una historia en Anáhuac, N. L., que es trama conocida entre la población y pasará por generaciones como un ejemplo a *no* seguir. Muchas veces se aconseja no meter al Diablo en nuestras pasiones, no ofrecerle el alma sin saber qué se arriesga ni mencionarlo en sus maldiciones ni propósitos. Los seres oscuros son prontos en sus respuestas, y puede que lo que pida...

4

El Diablo
se lo conceda...

Los actores de esta narración se reservan su identidad; sólo podemos decir que son vecinos de la colonia Revolución, que los llamaremos Miguel y Sanjuana y que vivieron las consecuencias de invocaciones irresponsables. Aprendida la lección, jamás volvieron a ofenderse. El amor de Miguel fue un cariño como el de todos: un enamoramiento que nos lleva al sueño de formar un hogar. El amor de Sanjuana fue un sentimiento como hay tantos: pasión y querencia verdadera que la llevó a desear al hombre aquél para compartir la vida. Pero tras la Luna de miel, vino el desencanto pues el dinero no alcanzaba y la mujer desesperaba porque aquella no era la vida que había soñado. En casa todo faltaba y el hombre se enojaba porque pensaba que su esposa no administraba bien y gastaba sin previsión los pocos dineros que llevaba a casa. Mientras tanto, la naturaleza hacía silenciosa su trabajo y un pequeño nacía para hacer nido junto a ellos. Pero las discusiones, seguían...

—¡¿Cómo que no tienes para comprar la leche para el niño?! ¿Ya te acabaste el dinero?

—¿La miseria que me das? ¿Esperas que complete!

—¡Deberías lavar pañales y no gastarte todo en desechables! ¡Eres una fodonga y floja! ¡Mira cuanto paquete! ¡Por eso no completas!

—¡Los pañales lavables ya no se usan, ignorante!

—¡No los usan los que tienen dinero; o la gente inútil como tú! ¡Ay, cómo quisiera que te llevara el Diablo para dejar de verte!

—¡Pues fíjate que lo mismo digo! ¡Que te lleve, o de una vez nos lleve a los dos para ya dejar de estar sufriendo!

Las discusiones se daban cotidianamente y el hombre salía dando portazo como una última maldición para su esposa. La mujer quedaba sin más refugio que aquella criatura que sonreía entre sus brazos, inocente del mundo violento que estaban preparándole sus padres.

—¡No puede ser que ya no haya verduras! ¿Pues en qué te las acabaste? ¡Faltan tres días para el pago y ya no tienes despensa!

—¡Lo que deberías hacer es buscar otro trabajo para que el dinero alcance! ¿Cómo quieres que tenga comida de más si ganas tan poco? ¡Trabaja en otra cosa...!

—¡Ni con dos empleos ha de alcanzar con una mujer como tú a mi lado! ¡Qué otro trabajo ni qué nada...! ¡Vete al diablo!

—¡Vete tú, desgraciado, miserable! ¡Ojalá él venga y te cargue de una vez!

—¡Me lleva la...! ¡No le busques, porque el Diablo me está tentando a darte una cachetada!

—¡Nomás eso me faltaba...! ¡Atrévete, infeliz!

...Y así era todos los días. Un anochecer en que la cotidiana pelea estaba olvidada por un momento, alguien afuera tocó el cancel de hierro que estaba a tres metros de la puerta. Miguel se levantó a recibir la visita; pero primero, asomó por la ventana para identificar al recién llegado. ¡Quedó helado...! Tras el enrejado, estaba un ser de sombras, de más de dos metros de estatura. Llevaba un amplio y plano sombrero y una especie de abrigo negro con las solapas levantadas que le tapaban el rostro.

Al ver la expresión asombrada de su esposo, Sanjuana se acercó a la ventana y dijo llena de miedo al notar que aquél ser flotaba a medio metro del suelo:

—¡Virgen Santa...! ¿Qué es eso...?

Una voz en eco, habló desde la calle:

—¡Miguel, Sanjuana, ábranme! ¡Ustedes me esperan hace tiempo!

—¡No, señor, váyase, aquí no lo conocemos...! ¡Váyase...! Se equivocó de puerta... —contestó el hombre de la casa con la voz quebrada por el miedo.

—¡No, Miguel, aquí me están llamando! ¡Ábreme!

—¡Váyase, por favor...! ¡Déjenos en paz...! —dijo el joven cerrando la ventana; y quedaron abrazados al niño, arrebatados de espanto ante aquella presencia.

Tras lo vivido, el día siguiente lo pasaron en paz. Estaban tan impresionados que no había ánimos para pelear. Pero al empezar a caer la sombra, unos golpes en la verja los hicieron saltar de sus sillas.

¡Allí estaba otra vez! Ahora parecía más alto, flotaba y golpeaba el enrejado obstinado en obtener permiso para entrar.

Casi suplicante, Miguel, con el niño en brazos, y su mujer recargada al hombro, le gritó desde adentro:

—¿Qué quiere...? ¡Ya le dijimos que no lo conocemos! ¡Váyase y déjenos en paz!

Con voz cavernosa y potente contestó autoritario el siniestro visitante:

—¡Ustedes me han llamado...! ¡Ábranme la puerta!

La pareja cerró la ventana y aseguró la puerta con la esperanza de que aquella sombra maligna entendiera su rechazo y se fuera. Quedaron abrazados en torno al niño en espera de algo más; pero el llamado ya no se escuchó. Por primera vez en mucho tiempo, musitaron oraciones olvidadas y durmieron tomados de la mano, con el niño protegido en el centro de la cama.

Al otro día, el párroco del pueblo recibió una visita. La pareja, llena de preocupación le contó lo que estaba viviendo. El padre ahondó en lo que le decían y hurgó en sus vidas en busca de razones; y una razón salió a flote: en sus diarias peleas invocaban al Innombrable. La *Serpiente Antigua* escuchó su llamado y le entusiasmó que alguien lo pusiera todos los días en sus deseos. Efectivamente, ellos lo habían invocado y de allí en adelante, serían perseguidos por el Mal.

El padre les explicó lo sucedido y les dio una última razón:

—El demonio les pedía permiso de entrar, les pedía que le abrieran las puertas de su casa porque como tienen un alma inocente en el hogar, él no podía penetrar a su intimidad. Un recién nacido tiene aún un poderoso vínculo con Dios y es custodiado por un poderoso ángel guardián. Sólo podía entrar si ustedes se lo hubieran permitido.

Ahora, ¿qué vamos a hacer? Aquí tienen esta agua bendita para ser esparcida por puertas y ventanas de su casa. Aquí tienen estas oraciones que van a decir a diario; pero sobre todo: ¡ya no peleen...! La ira, la violencia, alimentan a estos seres oscuros que acuden como lobos hambrientos a cebarse de sus malas pasiones. Lleven su vida en paz... Igual que Cristo llevó su cruz, lleven su pobreza con amor y conformidad.

Miguel y Sanjuana llevaron a cabo todo el ritual durante días y aquel ser inmundo ya no acudió a molestarlos. Aprendida la lección, tomaron con paciencia todas las necesidades que los aquejaban; y unidos entre el amor y el miedo, se dedicaron a dar ternura a su pequeño y a darse amor uno al otro.

Mientras tanto, usted recuerde la lección aquí contenida: no mencione nunca al Diablo en sus deseos, porque existe un gran peligro:

¡Que el Diablo se lo conceda...!

*****

Muchas historias con el tema de la brujería se cuentan en la tradición del pueblo de Lampazos de Naranjo; como la de aquella joven que por celos de una exnovia de su prometido, de pronto perdió el habla y sólo emitía cacaraqueos y, al llorar, sólo se le escuchaba el canto de un gallo. Dura experiencia que, sin embargo, tuvo un final feliz al encontrar un brujo que pudo conjurar el mal.

El siguiente es un relato inmemorial; sin definición en el espacio, pues no hay calles ni número; sin ubicación en el tiempo pues no hay más fechas que "hace muchos, muchos años..." y hasta los nombres se han perdido por ser historia más vieja que los ancianos de este pueblo. Pero se cuenta que, a falta de médicos, las artes negras florecieron por esta región; y de Sabinas a Lampazos, pasando por Bustamante y Villaldama, fueron famosas las brujas y hechiceros que lo mismo curaban que ponían males a cambio de unas cuantas monedas. Aún se conservan algunos nombres de curanderos y videntes que quedaron en la memoria de todos estos poblados para recuerdo imperecedero y sólo se han conservado sus hazañas por medio de las leyendas.

5
EL MALEFICIO

El hijo menor de aquella familia cayó víctima de extraño mal; vomitaba el alimento y un terrible frío lo atormentaba mañana, tarde y noche. El médico de Lampazos fue impotente ante el caso y recomendó a los padres buscar por la región otros remedios.

...Y ahí van los viejos al rodado lento de la carreta, en una jornada de dos días cargando al hijo en desgracia. Había que acampar a la caída del Sol porque al pesado y penoso paso de los bueyes, era imposible cubrir en un día el largo camino al poblado más próximo. Aquella noche en medio de agrestes montes, fue la más difícil de sus vidas; atentos cada minuto a la respiración del enfermo, pendientes de cada uno de sus signos vitales.

Sin embargo, al llegar a Bustamante, brilló un poco su esperanza pues encontraron un herbolario de indiscutible prestigio quien, tras explorar al paciente, con gravedad les informó que lo que aquejaba al muchacho era un *mal mayor* y había que llevarlo a niveles que su ciencia no alcanzaba. Como sea, algún consuelo sintieron al recibir esperanzados un nombre y una dirección en el poblado siguiente.

Atravesaron los montes que separan los poblados y llegaron al antiguo San Pedro Boca de Leones, hoy Villaldama. Preguntaron en los linderos del risueño pueblecillo y la razón les fue pronta. Atravesaron el caserío y llegaron a la otra orilla. Ahí, en pobre jacal de adobe y palma, un viejo curandero de mirar tranquilo pero penetrante, los recibió. Contaron al anciano la pena que sufrían al ver a su hijo consumido por el incurable mal y, a una orden del taumaturgo, bajaron de la carreta y acomodaron el escuálido cuerpo del enfermo en un petate al interior de la casa. Entonces les ordenó dejarlos solos.

Ahí, encerrados en el jacal, nadie supo qué aplicación recibió el joven. Fue hora y media de escuchar tras la puerta rezos y cánticos extraños por ser de lengua desconocida; sonidos raros de sonajas, maderas y metales; de percibir olores de sahumerios de copal que invadían todo el patio en un rito vedado al entendimiento de los que vivimos ajenos a la ciencia de lo oculto. Por fin, la puerta se abrió.

El parco hablar del viejo sólo explicó a ellos:

—La primera parte ya fue hecha. Déjenme la dirección y llévenselo. Pasando tres días, iré a su casa a darle la última cura.

Los padres vieron a su hijo con una expresión diferente y esa noche, al acampar a mitad de la jornada, lo vieron consumir un poco de alimento y caer en un sueño plácido y profundo. Al día siguiente, llenos de fe cubrieron el resto del camino. En Lampazos, por todo el sector donde vivían, la gente se alegró al saber del próximo restablecimiento del joven y todo fue esperar el siguiente amanecer para recibir al curandero milagroso.

Nadie sabe cómo llegó... No había caballo, no había coche; pero eso sí: antes de salir el Sol, ya estaba frente a la puerta. Llenos de agradecimiento le dieron la bienvenida y le ofrecieron café y asiento para descansar del largo camino; pero el inescrutable viejo sólo pidió informes sobre el estado del paciente. Las noticias eran buenas pues ya empezaba a aceptar plenamente la comida y los fríos habían desaparecido. El curandero sonrió levemente y pidió que lo llevaran al cuarto del enfermo y lo dejaran solo con él.

La puerta: cerrada... Una hora de cánticos y oraciones; sonajas y conjuros en voz alta; afuera la esperanza crecía tras cada invocación. Un largo silencio... La puerta se abrió y el viejo apareció sonriente y con un aire triunfal que alegró a los presentes.

Antes de que impulsados por el júbilo se abalanzaran al cuarto del enfermo, el curandero los contuvo con un enérgico ademán.

—¡Nadie...! Óiganlo bien: ¡nadie...!, ni siquiera uno de la familia debe entrar a este cuarto durante dos días... Su hijo ya está curado; pero junto a su cama hay una gran amenaza. Sólo ustedes, sus padres, están autorizados a entrar sin ningún peligro porque la limpieza del amor por su hijo los hace inmunes. Pero si alguien más desobedece esta orden, no tendré culpa de lo que pase...

Un café y unas hojarascas lampacenses tomadas en silencio. Un modesto pago y el curandero caminó hacia los montes perdiéndose para un misterioso regreso.

La puerta quedó vedada a todo el que llegaba y sólo la madre atendía la cama del enfermo. Pero esa tarde, llegó una visita: la hermana mayor quien, llorando, imploró ver a su hermano. El amor nos hace inmunes al Mal; tal vez ella también podía traspasar el umbral prohibido.

Al entrar, la joven se abalanzó a los brazos de su querido hermano. Estaba feliz... Las preguntas se sucedieron una tras otra y tomados de la mano en gesto fraternal, los muchachos empezaron una conversación que a todos confirmaba que las cosas iban por buen camino. La madre se retiró tranquila. Todo iría bien de ahí en delante. ¡Bendito curandero...!

De pronto, el muchacho, en débiles gritos pidió auxilio. Los padres llegaron corriendo y descubrieron a su hija en el piso, convulsionándose entre espumarajos que brotaban de sus labios. ¡La desgracia de nuevo...! ¡Había que llevarla a su casa! ¡Había que ir por el médico! ¡Había que ir otra vez por el brujo...!

El anciano recibió la visita ya esperada... No necesitó que le contaran la historia. Calló la voz de los afligidos padres y se adelantó a sus razones diciéndoles con un dejo de tristeza:

—Quise curar a su hijo sin que el maleficio tocara a nadie más; pero el Mal esperaba en el cuarto porque ya sabía que la persona que le había puesto el hechizo iría a visitar a su víctima. Yo no la quise descubrir; al contrario, quise protegerla... Fue la muchacha, su hermana, quien por envidias de una herencia, le había puesto el hechizo y no sabía hasta donde llegaría el perjuicio. Ella realmente no quería que muriera su hermano y estaba arrepentida. Ahora que revirtió, yo ya no puedo hacer nada... Hice lo que pude por cuidar también a su hija; pero yo ya no puedo hacer nada...

*****

6

UNA TEMPESTAD EN EL PANTEÓN

Era el año 1960. En aquel tiempo, Salinas Victoria era un pueblo con pocos habitantes. La gente, al encontrarse por la calle se saludaba e intercambiaba los comentarios del día, pues todos se conocían. La vida transcurría pacífica como en todos los poblados pequeños del norte de México donde las personas llevan una vida sencilla, ocupadas en labores propias del campo, el artesanado, unos cuantos obreros y el movimiento matutino de los niños y jóvenes estudiantes.

En este escenario típico de los pueblos de Nuevo León, vivía Julia, una joven que por su belleza criolla llamaba la atención de todos los solteros de la población. Su vida era tan sencilla como la de sus vecinos pues, dedicada a las labores del hogar, era el principal apoyo para su madre a la que también acompañaba cada domingo a la iglesia del pueblo a escuchar Misa. Parecía que todo estaba hecho en aquella vida y nada extraordinario podría suceder sino la humana rutina del crecer y dar fruto a la vida.

Sin embargo, algo interrumpió este ciclo. Una tarde, Julia se quejó de un dolor de cabeza que al paso de las horas fue tan terrible, que no pudo contener el llanto. El mal se complicó con vómitos e inapetencia que poco a poco la debilitaron tanto. En unos cuantos días adelgazó exageradamente y apenas podía sostenerse en pie. Se le llevó de médico en médico y ninguno pudo determinar la enfermedad que minaba su salud. Tras tanto intento, al fin se resignaron a luchar cuando menos por mantenerla con vida aunque ya no podía ni levantarse de su lecho. Poco a poco, la gente que la rodeaba empezó a verla con desconfianza; pensaron que aquella rara enfermedad podría ser contagiosa y la muchacha fue quedándose sola, sin más compañía que sus padres y hermanos.

Los días convirtieron su cuenta en semanas, las semanas en meses; hasta que al fin, una triste noticia se difundió por el pueblo: por la mañana, su madre fue a darle la diaria atención pero al verla tan quieta, al sentirla tan fría, un mal presentimiento cruzó por su mente. La movió y le habló, pero ya no obtuvo respuesta. Con desesperación la sacudió por los hombros gritando repetidamente su nombre; pero Julia ¡había muerto!

Esa tarde, la casa de la familia doliente se llenó de visitantes que asistían a dar el tradicional pésame a los inconsolables deudos. El velorio transcurrió entre rezos, llanto y muestras de solidaridad de la gente que acudió para apoyar a la familia con pan, café, leche, atole, champurrado, tortillas de harina y cazuelas de comida para atender a los visitantes, como era la costumbre.

Y la noche se fue hasta el nuevo día en que Julia ya no podría ver la luz de la mañana. Al Sol de aquel jueves de verano, el cortejo partió. Cargaban en hombros el féretro de la difunta con rumbo a la parroquia de Santa Rosa de Lima para brindarle misa de cuerpo presente por el descanso de su alma. Tras los santos óleos, la comitiva salió con rumbo al panteón municipal donde se darían las últimas manifestaciones de dolor por aquella vida que, en plena juventud, había partido sin haber conocido el amor y el florecer a la vida en hijos y amores nuevos.

Camino a la última morada, unas nubes empezaron a cubrir el celeste y brillante día y la sombra cubrió también el camposanto. Ya en el cementerio, el cielo se nubló totalmente y un fuerte viento empezó a agitar los secos matorrales entre las tumbas; la ventisca levantó nubes de polvo que hicieron que todos se cubrieran nariz y ojos.

La dolorosa rutina tenía que continuar y se puso al suelo el ataúd para descubrir la ventanilla y contemplar por última vez el rostro que alguna vez sonrió a la vida. Ante aquellos ojos cerrados para siempre, aquella boca que ya nunca más sonreiría, estalló el llanto de familiares y amigos y las lágrimas corrieron por las mejillas en aquel último adiós. Pero con el llanto, también gruesas gotas de lluvia empezaron a caer en la tierra seca. Al principio, el cielo parecía también llorar por aquella vida que se había ido; pero viento y lluvia azotaron a los presentes tan fuerte, que empezaron a refugiarse unos en otros mientras los truenos y rayos sobrecogían a los asistentes que, muy a su pesar, tenían que esperar a que amainara la tempestad para poder entregar a la tierra el cuerpo de la difunta. Tras un cuarto de hora de fiero azote de la naturaleza, por fin pudieron darle sepultura. Tras la última pala de tierra, coronas y ramos de flores quedaron sobre su tumba como un postrer homenaje a su memoria.

Terminado el sepelio, la gente quedó comentando asombrada aquella inesperada tormenta. Se dirigieron a la puerta por donde apareció un empleado municipal; y al contemplarlos empapados y con el semblante desencajado por la experiencia vivida, les preguntó qué sucedía; deseaba saber por qué le habían reportado un alboroto en el camposanto.

Le relataron el susto vivido por aquella escandalosa tempestad y el hombre les dijo que a cuál tempestad se referían; que en el pueblo nada había sucedido ni habían escuchado los truenos, ni rayos, ni rumor de lluvia. Sólo los que estaban en el panteón habían vivido esa experiencia; ya que pasando la barda, todo ¡estaba seco...!

El espanto cundió de inmediato entre los presentes. Era verdad, sólo el terreno del panteón había sido azotado por aquella extraña y terrible tormenta. Tras el enrejado de la puerta, tras la tapia que rodea el camposanto, todo estaba seco y el cielo lucía ligeramente nublado.

Hasta nuestros días, la gente que vivió este dramático entierro lo recuerda como uno de los más grandes misterios acaecidos en sus vidas; aquel extraño sepelio que sólo los que atestiguaron la increíble experiencia colectiva pudieron creer. ¿Qué fuerzas místicas se manifestaron ante toda aquella gente? ¿Fue un hecho milagroso o una manifestación de fuerzas maléficas? No lo sabemos, ni lo supieron siquiera aquellos que lo vivieron. Quizá por eso, mientras la vida conserve sus misterios, se seguirán generando historias como ésta para contarla a las generaciones venideras, como una leyenda más para asombrar a los escuchas.

*****

7
EL TALISMÁN
DE LAS BRUJAS

En el municipio de Terán hay una pequeña comunidad agrícola y ganadera llamada Delicias, que fue escenario de acontecimientos tan insólitos que, aunque han pasado más de 70 años, el pueblo no ha podido olvidar.

Era don Fernando Villarreal un lugareño reconocido por su seriedad y sabiduría. Dedicado a la apicultura, su principal pasatiempo había sido siempre la lectura y, sobre todo, era muy versado en el tema del esoterismo. Por su conversación, los que lo conocían sospecharon siempre que sus conocimientos eran también una práctica, aunque nadie podía asegurar que se dedicara a las artes mágicas.

El cielo nocturno de Terán, como el de todos los pueblos de México, era surcado por bolas de fuego que todos identifican como brujas, que de esa forma o en cuerpo de lechuzas o tecolotes viajan de pueblo en pueblo a cumplir sus oscuras misiones. Así pues, decían de don Fernando que uno de sus conocimientos era el dominio de la oración conocida como *Las doce verdades del mundo*, rezo que, recitado al derecho y al revés, hace caer paralizadas a las brujas que anden por el entorno. Así mismo, también se había confeccionado un largo látigo con crines de caballo negro y decía que entre las *Doce verdades* y aquel látigo, no hallaría una bruja que pudiera aprovecharse de él.

Era el año 1930 cuando Lázaro Aguirre y Manuela Villarreal, hija de don Fernando, se habían acomodado a vivir en las afueras de Delicias. Un día, al pasear por los montes, Lázaro encontró semienterrada una bolsita de tela dorada. Como no sabía qué contenía, empezó a descoserla para descubrir lo que guardaba. Encontró en su interior cabellos de mujer, pequeños huesos y unos medallones o tal vez monedas raras. Lázaro pronto perdió interés en aquel hallazgo y se metió el extraño morralito en el bolsillo para seguir con su trabajo y actividades cotidianas.

Al paso de las horas, un dolorcillo de cabeza empezó a molestarlo cada vez más fuerte. Aquella molestia se fue convirtiendo en algo insoportable y tuvo que regresar a casa para caer en cama preso de terribles calenturas. Tras las fiebres, vinieron los vómitos y una terrible palidez cubrió su rostro y hundió las órbitas de sus ojos. Su esposa, seriamente preocupada, le aplicó varias *friegas* de alcohol para bajarle la temperatura y le suministró cocciones de hierbas para prevenir infecciones pero lo más que logró, fue dejarlo profundamente dormido.

La mañana llegó y Manuela corrió al lecho del enfermo. Al primer movimiento que hizo y descubrió que lo peor había pasado; ya sólo quedaba aquel dolor de cabeza que si bien era una molestia constante, al menos lo soportaría con unos *chiqueadores* y un paliacate apretando sus sienes.

Lázaro estaba débil y no podía trabajar como antes; y aunque hacía la *lucha* porque sin trabajo no habría comida. Una semana de enfermedad pasó. A la octava noche, después de la caída del Sol, el jacal se rodeó de silbos y chillidos con que se identifican las lechuzas. Manuela se asomó al patio y observó posados en los paloblancos, más de una docena de aquellos pajarracos que estaban más oscuros de lo que es su color normal. Y más se alarmó cuando empezaron a volar alrededor de la casa y empezaron a pararse en el techo y arañar las láminas al mismo ritmo, como si quisieran comunicar algo.

En aquel mal trance, Manuela se acordó de su padre y se hincó para pedirle fervorosamente a Dios que le llevara a don Fernando para que la protegiera de aquella amenaza que se cernía sobre su pobre hogar. Las lechuzas silbaron y elevaron sus chillidos durante toda la noche, chocando constantemente contra puertas y ventanas selladas con las trancas por dentro.

Las horas pasaron desesperadamente lentas. La noche trascurría pesadamente y ya casi amanecía cuando se escuchó el trote de un caballo que se acercaba. La mujer se agitó entre la esperanza y el miedo. Tal vez era su padre que llegaba o quizás era una amenaza más que se presentaba. Una voz a las afueras la llenó de alegría:

—¡Manuela! ¡Ábreme, soy tu papá!

La puerta se abrió y tras los abrazos, don Fernando le dijo que una fuerza extraña lo inquietó toda la noche y parecía que algo le avisaba que su hija estaba en peligro.

—Dime, hija, ¿qué está sucediendo...?

La joven le contó del miedo que la parvada de lechuzas le provocó toda la noche y de su esposo enfermo. Don Fernando Villarreal fue al caballo, tomó su látigo y se dirigió a los árboles donde se habían acomodado las lechuzas en actitud de acecho, aunque ahora se encontraban, extrañamente silenciadas.

Empezó a recitar con autoridad y potente voz *Las doce verdades del mundo* a la vez que agitaba y hacía tronar en el aire su látigo. Las lechuzas empezaron a caer de los árboles y se revolcaban entre gemidos humanos tanto de hombres como de mujeres. Manuela veía y oía asombrada lo que estaba sucediendo y sintió que en su hombro se recargaba su esposo, que también había salido a atestiguar lo que pasaba ante sus ojos. Al terminar la oración, todas las rapaces estaban tiradas al suelo. Entonces, ya totalmente vencidas, una lechuza se paró y penosamente caminó a los pies de don Fernando. El pajarraco, tambaleante, se paró ante él y con voz femenina le dijo:

—Por favor, perdónanos Fernando... No sabíamos que fueran parientes tuyos. Te juro que no íbamos a hacerles ningún daño serio; lo que pasa es que el hombre de esta casa tiene algo que es mío. Un talismán muy especial que no cualquier ser humano puede traer.

Fernando volvió la mirada a Lázaro quien, sin decir palabra, metió la mano en el bolsillo, sacó el talismán que reclamaban las brujas y lo aventó al suelo, justo a las patas de la lechuza parlante. Entonces, con gran autoridad y voz de trueno, levantando en alto el negro látigo en señal de amenaza, don Fernando les gritó:

—¡Ya tienen lo que querían...! ¡Ahora, en el nombre de Dios, los *desato*...! ¡Lárguense antes que me enfade más y los empiece a azotar a todos...!

Con el talismán entre las garras, la lechuza se elevó en el aire y todas empezaron a levantar el vuelo mientras pronunciaban a distintas voces y tiempos: "¡Gracias Fernando...! ¡Gracias Fernando...! Y así diciendo, una a una desaparecían en el horizonte que ya se preparaba para recibir los primeros rayos del astro rey que pronto aparecería en el Oriente.

Todo terminó. Don Fernando volvió a su hogar y dejó a su agradecida hija y a su curado yerno. Regresó a su rancho donde trabajaba con ahínco en la producción de miel. Cuentan que cuando extraía las pencas, elevaba en murmullo secretas oraciones y las abejas no lo atacaban, aunque jamás usó protección alguna.

La vida de don Fernando Villarreal fue un misterio hasta el día de su muerte; pues cuentan que tras su entierro, los apiarios quedaron vacíos. Quizá cumplido un ciclo en sus vidas, todo el enjambre se fue como liberado de un hechizo que terminaba con la muerte de este hombre místico que, hasta la fecha, es una leyenda más por estas tierras de Nuevo León.

*****

8

UN LAMENTO EN EL PANTEÓN

Doña Ramoncita Gutiérrez de Cantú fue mi madrina. La conocí una mañana cuando iba yo caminando por las calles del viejo San Nicolás de los Garzas, allá por el año 1955. Iba lamentándome con mi hermano menor por mi triste suerte de no estar en la escuela, ¡y yo que tenía tantas ganas de estudiar! Pero pues...

De pronto, a mi espalda, una amable señora de beatífica mirada, puso su mano en mi hombro y me preguntó: "¿Y por qué no estás en la escuela?".

Su sonrisa y voz dulce me inspiraron confianza. Le platiqué a mi espontánea amiga que mi papá andaba de ciudad en ciudad buscando trabajo; yo ya había dejado dos veces sin terminar el tercer grado y así tal vez nunca iba a hacer completa la instrucción primaria. Ella dijo que me ayudaría a entrar a la escuela para acabar ese ter-

cer año y seguir con toda mi educación básica. Me daría inscripción, útiles y libros, pero la visitaría cada semana para estar al tanto de mi aprovechamiento y me llevaría también a hacer la primera Comunión. Así fue como nació una hermosa amistad entre nosotros, misma que llevamos hasta su muerte, cuando era ya una bella anciana.

Doña Ramoncita me contó una historia que sucedió a fines del siglo XIX, en tiempo de sus padres:

"Una mañana de enero, doña María, ama de casa de una de las familias notables del pueblo, murió repentinamente. La familia recibió la visita de media población pues San Nicolás, en aquel tiempo, apenas tenía unas cuantas cuadras de ancho y largo. Pero entre tanto doliente sincero, se colaron dos truhanes quienes observaron que la difunta vestía sus mejores ropas y alhajas. La habían ataviado como para la gran ocasión, como lo es el presentarse a dar cuenta de una vida ante el Supremo.

"Después de seguir el doloroso proceso de velación y misa de cuerpo presente en la ya desaparecida nave de la antigua parroquia de San Nicolás Tolentino, aquellos malandrines se pegaron al cortejo fúnebre hasta el último instante. Al finalizar la jornada dolorosa, llegaron a un acuerdo: a la media noche, aprovecharían soledad y oscuridad para sacar el cuerpo y despojarlo de anillos, pulseras, medallas y aretes. El botín sería un verdadero tesoro en piedras preciosas y piezas de oro; bien valía la pena el sacrilegio.

"Cuentan que aquella noche, a la luz de la Luna menguante, un noctámbulo miró a los dos truhanes saltar la tapia del camposanto y correr desaforadamente en dirección a él.

Daban gritos de terror cuando cruzaron en su camino y se perdieron en la noche *como almas que lleva el Diablo*. El hombre, solamente se persignó y en su pensamiento repasó una oración para darse valor, ya que también tenía que pasar por un lado del cementerio.

"Al caminar a lo largo de la barda, escuchó un lamento de mujer como salido del pecho de un alma en pena. Sintió que los cabellos se le erizaban y redobló sus rezos. Cuando aquel gemido se convirtió en un taladrante y largo llanto, el pobre hombre sintió que las piernas se le doblaban de espanto. Pensaba que quizá le esperaba un susto igual al que se llevaron los fugitivos que se encontró por el camino.

"El llanto se escuchó ahora más profundo y doloroso. ¡Ay, Señor del alto Cielo! ¡Sentía verdaderas ganas de gritar y de correr! Pudo escuchar que entre sollozos, la voz suplicante repetía:

—¡Tengo hambreee...! ¡Aaay...! ¡Tengo hambreee...!

"¡Nomás eso faltaba...! ¡Que los aparecidos comieran carne humana! ¡Por eso corrían los otros! Pero por momentos, el llanto se escuchaba tan doloroso como conmovedor; esto hizo que el hombre se detuviera a pensar que —aunque con miedo— debía investigar.

"Buscó la puerta del panteón y entró y paseó la mirada por entre las tumbas. Avanzó sigilosamente, indagaba por entre lápidas y mausoleos hasta que vió a la luz de la Luna, a una mujer ataviada de blanca y elegante vestimenta, sentada sobre una lápida y al pie de una cruz; gemía lastimeramente y con el rostro escondido entre las manos. A un lado, estaban una fosa y un féretro abiertos. Su primera reacción fue el hórrido pensamiento de que era un cadáver escapado de la tumba. El espanto lo hizo temblar y desfallecer de miedo. Pero, aunque con voz quebrada, sacó *fuerzas de flaqueza* y se atrevió a preguntarle:

—Señora... ¿Puedo ayudarla en algo...?

"Un rostro pálido y enflaquecido se volvió lentamente a él; lo miró con ojos hundidos al fondo de unas ojeras negras y pronunció gimiente:

—¡Ayúdemeee...! ¡Tengo hambre y fríooo...! ¡Por favoooor...!

"Momentos después: asunto aclarado. Aquella mujer había sufrido un ataque de catalepsia y la habían enterrado viva. Precisamente cuando los ladrones la sacaron del ataúd, abrió los ojos y lanzó un grito, asustada, sorprendida por el lugar en que se encontraba. Los ladrones fueron sobrecogidos al instante por un espanto incontrolable y empezaron a gritar y saltar; aterrorizados al enfrentar la venganza de una muerta que había regresado del más allá para tomar sus vidas y sus almas.

"Después de este traumático momento, ella se había quedado ahí: sola, llena de confusión y miedo, sin saber qué hacer, aterida de frío y con hambre y sed de tres días.

"El buen hombre pasó del miedo a la conmiseración y lleno de piedad, la cubrió con su chaqueta, le desanudó las manos y pies que aún conservaba atados según costumbre de aquellos tiempos, y casi cargada, la llevó a la casa más cercana a pedir prestado un coche exprés para ir a entregarla a su familia, la cual, tras el susto inicial, tuvo una explosión de alegría al ver recuperada aquella vida tan querida que habían dado por perdida.

"El ocasional salvador, aunque era un lechero pobre, no aceptó ninguna recompensa; pero desde ese día fue recibido como el más apreciado amigo de la familia. De los ladrones no volvió a saberse nada hasta nuestro tiempo; mientras, los demás actores de este relato llevaron una entrañable amistad y vivieron felices hasta el fin de sus días."

*****

El ángel de la muerte anda por las regiones norteñas. Por Lampazos, Anáhuac y Nuevo Laredo; por la ruta de Bustamante, Villaldama y Sabinas, anuncia su presencia envolviéndonos con el viento frío de su aliento; ¿alguna vez lo ha sentido...? Se hace notar con el repentino aullar de los perros, ¿los ha escuchado...? Se hace oír con el sonido metálico del arrastrar su guadaña por las calles; y, a veces, con su ronca risa que se escucha como un eco, como algo lejano; pero que, sin embargo, se siente tan cerca que nos conmueve de espanto hasta la médula.

Pero no tema. La Muerte es un ángel enviado del Señor a cumplir la vieja ley de que *no hay fecha que no se llegue, ni plazo que no se cumpla*. Y al llegar el día límite de nuestra vida, el ángel negro estará allí, fatalmente puntual, listo a cumplir fielmente los designios de Dios. Y para él no hay rico ni pobre; ni poderoso ni humilde; ni joven ni viejo; ni bonita ni fea. Es el ser más parejo y justo en su trato con la humanidad.

Pero el ángel de la muerte se ha convertido también en un ente protector; y por todo el mundo su culto ha ido

creciendo como una manifestación más de la superstición popular; y se le reza y se le pide salud, dinero y amor —viejas peticiones—, pero también se le pide protección contra todo mal; que nos guarde bajo su manto mientras llega el momento en que hemos de entregarnos a sus brazos. He aquí una de tantas...

9
Historias de la Santa Muerte

Doña Celia miraba con preocupación a su hija, una pequeña de apenas ocho años de edad que respiraba penosamente tendida en cama. La niña había caído en desánimo, inapetencia y cansancio; luego, fue víctima de recurrentes fiebres. La piel le empezó a llenársele de manchas rojas que se convirtieron en ronchas y después en llagas; llagas que reventaban con un líquido viscoso hasta cubrir todo su cuerpo de purulencias babosas y pestilentes. Los médicos locales le recetaron antibióticos, pomadas; le hicieron todos los estudios apropiados; pero fue paulatinamente degradándose hasta convertirse en un cuerpecito de sólo piel y huesos. La madre lloraba con gran dolor y desconsuelo; con la esperanza perdida y la fe tambaleante. Una amiga le aconsejó:

—Para mí que es un *mal puesto*... Vaya a ver a Melissa, una mujer que hace curaciones por medio de la Santa Muerte. Total, toda lucha que haga es buena...

Pero Celia se llenó de dudas al pensar que, suponiendo que ese fuera el caso, la brujería no podía combatirse con más brujería; que eso era entrar a los terrenos del Mal. Y se aferró a su fe y rezó a todos los santos de la devoción popular; gimió e imploró al Supremo mientras su hija se consumía día a día.

Una tarde, a la caída del Sol, movida por la desesperación, se presentó al consultorio de la joven sacerdotisa. La primera impresión, fue una sensación de sobrecogimiento ante aquel altar lleno de objetos esotéricos y con la tétrica imagen de la Santa Muerte al centro. Y al no querer entrar directo en el tema, sólo le pidió que le "echara" las cartas del Tarot. Era un buen pretexto para acercarse un poco y tratar de descubrir un atisbo de esperanza.

La curandera adivinó por aquella mirada dolorosa, que había algo más profundo que la sola sesión de cartomancia pero calló y las barajas se tendieron en la mesa. En la paulatina aparición de los signos de adivinación, fue descubriendo las razones escondidas y fue venciendo su reticencia al mostrarle sabiduría.

—Señora: usted no está interesada en el futuro... Usted sufre mucho en este momento... Veo enfermedad en su casa.... Es una persona muy querida; es una hija suya; una pequeña... Está en peligro de muerte... Su mal tiene remedio, sólo hay que luchar con las mismas armas de quienes la dañaron...

Doña Celia ya no soportó más. Empezó a llorar y le contó toda su pena. La sacerdotisa le pidió que llevara la niña al consultorio; pero la señora le suplicó que la fuera atender en su casa, ya que estaba tan dañada de la piel, que sería muy doloroso transportarla. No había más qué hablar. Melissa, interesada y conmovida sinceramente ante el caso, se arregló rápidamente y salieron rumbo a la colonia donde un hogar esperaba lleno de dolor.

Llegaron y fueron directo al cuarto donde estaba la enferma. Melissa, arrebatada de compasión, descubrió el cuadro que esperaba por ella en aquella cama. Una pequeña, apenas cubierta por una bata pegada por el pus que manaba constante por todo el cuerpo, la observaba con mirada vidriosa.

Inmediatamente se aplicó a la oración para convocar el poder de *la Santa*; pero la señora del más allá tardaba en presentarse. Mientras tanto, por las señales, la curandera se dio cuenta que estaba ante un caso de magia negra y le preocupaba que, por la prisa, había salido de casa sin las protecciones mágicas que el caso ameritaba. Sabía que la jornada de oraciones era necesaria porque la protección llegaría por medio de ellas; pero la noche avanzaba y no sentía respuestas. Eran ya las once y media. A esa hora, una gran sombra que se proyectaba de ninguna parte se tendió en la cama para cubrir a la niña. Los testigos, padres y tíos, se llenaron de espanto; pero la curandera los calmó diciendo que aquello era bueno, que la curación estaba ya en proceso.

Melissa estaba en concentración; en pleno contacto con *la Señora*. La Muerte le susurró al oído: "Abre esas llagas... Vamos a sanar su cuerpo...". Tomó ambas manitas infectadas y las apretó entre sus dedos haciendo correr por sus palmas un líquido blancuzco y sanguinolento. Siguió la presión con los enflaquecidos brazos y el flujo fétido corría mientras la sombra permanecía allí ante la mirada de todos. La madre suplicaba:

—¡Ya no la haga sangrar...! ¡Va a matar a mi hija...! —Los demás familiares pedían:

—¡Dígale a esa sombra que se vaya...! ¡Le va a hacer daño a la niña...!

Melissa no podía contestar porque en ese momento estaba en pleno trance y comunicación con la Muerte, que le dictaba paso a paso los procedimientos a seguir.

La curandera quedó de pronto callada, viendo uno por uno a los presentes. La verdad le había sido revelada. Se volvió a doña Celia y le dijo:

—Aquí murió un perro. Dígame como sucedió.

La madre de la enferma hizo memoria, y sin conectar

la muerte del animal con el caso que los ocupaba, contestó algo extrañada:

—Sí, teníamos un perrito llamado *Doky*; pero un día desapareció. No murió, sólo dejamos de verlo. Unos días después, apareció muerto en el patio. No sabemos cómo sucedió, pero allí estaba. La niña fue la que lo descubrió; y llorando por su perrito, lo abrazó sin importarle que ya empezaba a inflarse por la descomposición. Yo le grité que no lo tocara; que ya estaba muerto. La niña obedeció, y eso fue todo...

La sacerdotisa, con la mirada perdida a consecuencia del trance, les dijo:

—No, no es todo... ¿Dónde está el cuerpo del perro?

La respuesta fue inmediata: lo habían enterrado en el patio.

—Llévenme a donde está el cuerpo del animal —ordenó la curandera. La condujeron al sitio donde habían enterrado al perro y ordenó que lo sacaran.

Los familiares se extrañaron. Quisieron decirle que sería asqueroso, que ya estaba putrefacto; pero con todo lo que estaban viviendo ya no tenían fuerzas para resistirse, así que cavaron hasta que el cuerpo afloró. Todos retrocedieron al percibir el hedor. La sacerdotisa, provocando el asombro de los presentes, se sentó en cuclillas, lo sacó del pozo, y exploró en busca de algo. Le metió la mano por el hocico entre las carnes ennegrecidas. Algo tocó a la altura del estómago. Lo tomó entre sus dedos y empezó a extraerlo deslizándolo por el esófago. Era un sapo también en estado de descomposición; sólo que tenía cosidos con hilo los ojos, el hocico, y un área del vientre. Había qué descoserlo para descubrir el secreto.

Y ahí estaba: En el interior del batracio, había una fotografía de la niña en brazos de su madre. Todo proceder y significado fue revelado paso a paso al oído de la curandera por la sombra de *la Santa*. Melissa puso la foto en una funda y la guardó en su bolso.

Mientras regresaban al cuarto de la enferma, ordenó a la familia que perro y sapo fueran enterrados lejos de la casa. Al entrar, vieron todavía la sombra de la Muerte —ahora de pie— al lado de la cama. La curandera tomó otra vez las manitas de la niña y las apretó, pero ya no salió líquido alguno. De pronto, la pequeña abrió los ojos y dijo ante el asombro de todos: "Es usted muy buena..." y quedó profundamente dormida. En ese preciso momento, a la vista de los presentes, la figura de la Santa Muerte se arrodilló ante la cama y se desvaneció en el aire.

Melissa dijo a la familia que la niña había sido salvada, que la recuperación vendría lentamente porque el mal estaba muy avanzado, y se retiró a su consultorio para analizar los contenidos ocultos en aquella foto. Pasó la noche en rituales y oración, y toda la verdad le fue dictada: Una mala vecina ocupó los servicios de una bruja negra para lanzar un mal sobre doña Celia; pues quería desterrarla de su presencia, que se cambiara de casa a otro lugar. Se le pidió una foto de la víctima, y la única que consiguió la vecina era aquella de la madre con la niña en brazos. El trabajo fue mal hecho, mal encauzado, y el maleficio que se provocó fue otro y en la persona equivocada

Vino una larga lucha de poderes. El mal fue apagándose en el cuerpo de la niña y cambiándose poco a poco al lugar de donde originalmente salió: la antigua ley de la correspondencia universal se cumplía.

Un día, se presentó ante la curandera una mujer con los pies llenos de llagas a pedir ayuda. La sacerdotisa pudo reconocer aquellos signos, pudo reconocer a la mujer, y se negó a ayudarla. Si la curaba, el mal regresaría a la niña y eso no podía permitirlo.

El maleficio era ahora una fuerza suelta que debía regresar a su lugar de origen.

Aquella mala mujer, sinceramente arrepentida, se presentó voluntariamente ante doña Celia pidiendo perdón por el mal causado. Nadie sabe si la madre ofendida la perdonó o calló llena de rencor ante las cicatrices que quedarían por siempre en el cuerpo de su pequeña. La verdad de estos hechos es que tras un largo sufrimiento, la mujer descansó para siempre del maleficio que había lanzado sobre una inocente niña, y se le había regresado. La Santa Muerte había cumplido una misión más.

Pero si esta noche, usted es envuelto en un hálito de frío, oye aullar los perros y advierte un ruido de metales arrastrando, no se asuste; es el ángel de la muerte que pasa por su casa a cumplir con su oscura encomienda; o tal vez sólo se dirige a salvar a una víctima más que ha caído en garras de la magia negra.

Hasta la próxima; y que esta noche, tras disfrutar de esta historia, sueñe usted con los angelitos...

*****

En la colonia agrícola conocida como la Sección 14, en Anáhuac, N. L., hay un pequeño panteón donde los campesinos llevan a sus finados para que descansen el sueño de la muerte. Bajo humildes cruces de pino y blancas lápidas, quedaron enterradas mil pasiones pues cada tumba contiene una historia. Pero entre tanta cruz, hay una con un nombre: Rosalío Roque Téllez, cuya historia asombró a cuantos lo conocieron, porque él vivió la escalofriante aventura de intentar...

10
UN PACTO CON EL DIABLO

Rosalío Roque nació en el lejano año de 1887 en el pueblo de Tarjero, por tierras de Michoacán. Trabajador desde niño, pronto dominó las labores del campo y se empleó en ranchos y haciendas, llegó a dominar toda actividad que

el medio agrícola y ganadero demandara. Indio tarasco de pura cepa, su único problema era que no dominaba el idioma español; y al fin, hombre inquieto, dejó el pueblo natal y en Quiríndaro conoció a Martha Aparicio, mujer criolla pero también de condición humilde, quien le ayudó a dominar el castellano. Con ella llegó al matrimonio.

Por aquellas tierras, conoció un curandero que le pidió su amistad para que le ayudara acompañándolo en sus correrías de pueblo en pueblo. Así fue que por vez primera se asomó a la magia, y la curiosidad lo hizo conocer mucho de las prácticas ocultas. Pero su vida tenía que seguir, él era hombre de campo y en 1911, dejó el bello Michoacán para ir al árido norte en busca de fortuna. Trabajó aquí y allá, por fin, de Nuevo Laredo pasó a emplearse por ranchos de Texas, hasta que se estableció definitivamente por las cercanías del poblado de Kennedy.

Una ocasión que llegó del rancho para surtirse de abarrotes en una tienda del pueblo, mientras cargaba el carruaje se dio cuenta que un americano lo observaba de arriba abajo. Un momento después, el desconocido se acercó y le dijo en español: "Amigo, préstame un dólar".

Rosalío, extrañado y con algo de desconfianza, le contestó simplemente: "No traigo...".

El extraño, con los ojos en un inquietante y profundo mirar, le dijo:

—No me digas que no traes, pues en la bolsa guardaste esta cantidad: treinta y dos dólares con ochenta centavos —Nuestro amigo, al escuchar asombrado aquella muestra de clarividencia, le extendió el dólar.

El hombre sobó entre sus manos el billete, como musitando en silencio una oración y luego le ordenó:

—¡Ve y compra algo con este dólar y no digas nada por el cambio que te van a dar!

Dominado por la personalidad de aquel hombre, Rosalío se regresó a la tienda y compró algo de cincuenta centavos; ¡y cuánta sería su sorpresa cuando el cajero le dio cambio de diez dólares! Al regresar hacia el extraño con la mercancía y el cambio generoso, el desconocido le dijo:

—No... Quédate con eso... Te hice esa demostración para que sepas cuál es el poder que deseo compartir contigo. Tu nombre es Rosalío Roque, y me gustas para que me acompañes como amigo y ayudante por las ciudades donde trabajo. A cambio, te voy a enseñar los secretos para que tengas todo lo que puedas desear: dinero, poder, propiedades, mujeres...

Rosalío, pensando en la vida tranquila que llevaba con su esposa e hijos, rechazó tan tentador ofrecimiento y el hechicero se retiró, respetuoso de su decisión. Sin embargo, tanto acercamiento con brujos lo llenó de una inquietud cada vez más honda; y un día, decidió comprar libros de magia entre los que destacaba una de las más antiguas y conocidas obras de las artes negras: *El Libro de San Cipriano*. Estudió detenidamente los libros pues le seducía la idea de ganar riquezas y poder; así que, con la idea de dejar de ser un simple trabajador, quiso salir de pobre a través de un pacto con el Diablo. *El Libro de San Cipriano* le daba las instrucciones precisas: tenía que buscar una montaña que fuera la más alta a la redonda y que tuviera al pie un río; u otra opción: que fuera a un cruce de caminos cerca de un río. Y tras cavilar repetida y profundamente en la aventura que iba correr, se dio valor al pensar en las riquezas de que iba a disponer para dar una mejor vida a sus seres queridos.

Una noche, salió en un coche tirado por un somnoliento caballo a intentar la cita con el maligno. Buscó el cruce de caminos cerca de un río ya previamente localizado; y al filo de la media noche, elevó a los vientos una negra invocación que aquí no podemos hacer constar para no provocar tentación entre los lectores. Cuando terminó, quedó a la espera de una señal; pero nada... De pronto, observó que por el camino al río se acercaba un inquietante extraño. Con el corazón palpitante de emoción y miedo, lo miró detenidamente y vio que era un hombre imponente: alto, quizá de más de dos metros de estatura, blanco, delgado, vestido de fina camisa y pantalón de color negro, de apariencia joven y muy bien parecido, tanto, que sus bellas facciones lo harían fácilmente la perdición de cualquier mujer.

El impresionante ser quedó parado frente a él y con extraña voz le preguntó:

—¿Para qué me has llamado?

Rosalío quedó dudando por un momento si sería realidad lo que estaba viviendo y sólo acertó a preguntar lleno de incredulidad:

—Pero, ¡cómo puede ser...! ¿Eres tú el Diablo? ¿Pues no dicen que eres muy feo?

El apuesto visitante de los avernos esbozó una tenue sonrisa de perfectos dientes, y sólo contestó con su voz ronca y estentórea:

—¡Qué le haces caso a la gente ignorante...! Ahora dime qué quieres de mí. Te he seguido por mucho tiempo y te conozco; pero quiero escuchar de tu boca cuáles son tus deseos.

El hombre supo que el momento decisivo había llegado, y armándose de renovados ánimos, contestó con gran valentía:

—¡Quiero hacer un pacto contigo, pues deseo que me hagas muy rico! He sido siempre un hombre pobre y quiero venderte mi alma. Pero, antes, quiero saber una cosa: ¿cuántos años voy a gozar de la riqueza que me vas a dar?

El demonio contestó: —Treinta años; pero en mi mundo el tiempo se cuenta por periodos de 12 horas. En tu mundo serían realmente quince años. ¿Aun así estarías de acuerdo?

Rosalío quedó pensando qué tanto podría hacer y disfrutar durante quince años de vida en abundancia, y aunque le parecía poco tiempo, al fin se decidió y dijo al Diablo:

—¡Dime cómo hemos de cerrar el trato! Me parece poco tiempo, pero bien vale la pena mi sacrificio si tras mi muerte voy a dejar a mis hijos y a mi esposa, ¡inmensamente ricos...!

El demonio meneó la cabeza, sonrió burlonamente, y aclaró categórico:

—¡No...! Toda la riqueza que te dé será a cambio de tu alma; pero al morir tú, el trato ha terminado y todo dinero se perderá con tu muerte. Si quieres que el dinero producto de este trato prevalezca, entonces debe renovarse el pacto y un hijo tuyo debe también firmar conmigo; y al morir tu hijo, se renovará con un hijo de él; y así, hasta el fin de los tiempos...

Asombrado, nuestro hombre dio un paso atrás en actitud defensiva, y protestó enérgicamente ante el destino que esperaba por él y su familia. Replicó con decisión:

—¡Ah, no...! ¡Mi propósito es salvar de la pobreza a mis seres queridos, no condenarlos, no sacrificarlos a ti! ¡Así, no me conviene...! Si no cambias esta condición, ¡entonces no quiero nada contigo!

El Señor del Infierno se irguió un poco más y con aire amenazante contestó:

—¡¿Conque no quieres el trato?! ¡No vine a ti para ser rechazado! ¡De todos modos, he de llevarte conmigo! —Dicho esto, desapareció repentinamente y el pobre mortal quedó ahí, tembloroso y lleno de espanto. Al fin, reaccionó, caminó hacia el coche y regresó a su casa. Atrás dejó sus sueños de riqueza.

Al llegar a su hogar, se acomodó en su lecho y Martha lo recibió cariñosa al ver su expresión preocupada y sombría. Al mirar hacia la ventana, un terrible sacudimiento lo hizo saltar de la cama. ¡Allí estaba el Diablo! ¡Ahora tenía una expresión de ira que por segundos desfiguraba sus facciones a formas animales y horrorosas! Rosalío se abrazó a su esposa diciendo repetidamente:

—¡Viene por mí...! ¡Viene por mí...! ¡Por favor, dame ayuda...! ¡No lo dejes que me lleve!

Martha Aparicio volteó a la pared y nada veía; pero casi por instinto, empezó a rezar sus más sentidas oraciones. El ente infernal, que ya había penetrado a la habitación, se retiró tras la ventana, aparentemente rechazado por los rezos de aquella buena mujer. Rosalío Roque, atenazado por gran espanto, quedó fuertemente abrazado a su esposa suplicándole entre sacudidas de llanto que no dejara de rezar. De pronto, cayó en un desmayo.

Unos minutos duró aquella fuga de la terrible realidad y al volver del desvanecimiento, era atendido por su esposa y su hija Pomposa. Cada una a un lado de la cama hacía todo lo posible por reanimarlo. El pobre hombre descubrió que el demonio estaba ahí otra vez. Ahora se había trasformado en una bestia desnuda y regordeta cuyas facciones le recordaban más a un cerdo, y ya no al apuesto hombre que encontró en el cruce de caminos. La bestia gruñía roncamente, bufaba, babeaba abundantemente y amenazaba con acercarse más a la cama. Rosalío suplicó a su esposa que ella y Pomposa se acostaran también, a los lados de él, y que por nada dejaran de rezar.

Las mujeres obedecieron y el Santo Rosario empezó y terminó para iniciarlo otra, y otra vez, mientras el monstruo se alejaba hasta medio patio y volvía atravesando por paredes, ventanas o por la puerta; bramando, saltando rabioso, con ojos llenos de fuego y con las facciones descompuestas en horripilantes gestos.

Martha Aparicio, con su cabellera prematuramente blanca que le daba un aire de venerable ancianidad, tomaba de la mano a su hija y a su esposo mientras rezos, letanías y jaculatorias se sucedían unas tras otras. La bestia avanzaba con ánimos de ataque, reculaba, y pretendía darse valor al clavar los ojos de fuego en el rosario de cuentas negras, entre rugidos de furia gritó: "¡Dile a esa vieja cabeza de cebolla que se calle, que de nada le sirve esa sarta de cagarrutas de cabra! ¡Que las tire...! ¡Que de todos modos te voy a llevar...!".

Las mujeres nada veían ni escuchaban; sólo el hombre era atormentado por sucesivos desmayos, por el ir y venir del demonio que nunca pudo contra la protección de las oraciones de las mujeres. De pronto, los gallos cantaron a coro para anunciar la llegada de la luz del nuevo día. Y el Diablo, dando un sonoro grito de rabia, salió por la ventana envuelto en fuego y como un cohete, se proyectó entre la agónica oscuridad para dejar por fin en paz aquel hogar. Los tres quedaron abrazados y el Sol de la mañana los sorprendió profundamente dormidos, con los rosarios aún aferrados a las manos. La fe había triunfado. El Diablo había sido vencido. El Mal ya jamás volvería a molestar sus vidas.

Al otro día, Rosalío renunció a toda ambición y prácticas negras; y con una oración entre los labios, quemó en medio del patio sus libros y objetos de magia. Su alma había sido salvada y esa sería su mejor ganancia.

A principios de los años treinta regresó a México y se ocupó en la antigua y colonial Hacienda de Dolores, en Lampazos; luego, partió a Estación Camarón, en lo que hoy es el municipio de Anáhuac, a pedir una parcela para trabajar en tierra propia. Tras una paciente espera, se le concedió su petición y se acomodó por el kilómetro 28, cerca de la Sección 14, donde vivió en paz y pudo disfrutar de la santa rutina del trabajo para ganar *el pan nuestro de cada día*. Y contó esta historia a sus hijos, a sus nietos, a sus bisnietos. Hoy, sus tataranietos y los descendientes de sus antiguos vecinos hacen de este relato una leyenda más que cuentan en torno a una mesa, tras la cena familiar.

Rosalío Roque Téllez murió el 12 de febrero de 1969 y sus huesos fueron a descansar al lado de los restos de su esposa Martha Aparicio y su hija Pomposa Roque, quienes ya se habían adelantado al viaje final y estaban esperando por él en el lugar a donde las almas van. Y así, quedaron sus cuerpos bajo tierra y sus almas en el Cielo, para siempre juntos; tal vez, todavía musitando agradecidos las oraciones que los llevaron al descanso eterno, tras escapar de aquel terrible y escalofriante...

Pacto con el Diablo...

*****

11
Bajo el cielo
de Anáhuac

Anáhuac es un pueblo bendito de Dios y hay historias que así lo demuestran: una de ellas, es la leyenda del Milagro en el río Salado, donde a base de poner la confianza en el Señor pudo localizarse el cuerpo de Ismael de la Cruz, perdido a lo largo del crecido cauce del río. Otra habla de un sacerdote de Lampazos que vaticinó que de Estación Camarón no quedaría ni piedra sobre piedra por el abandono de las cosas de Dios, y así fue. Un amigo me confió la anécdota familiar de un ministro evangélico que hizo brevemente volver de la muerte a su padre, para que se despidiera de los hijos que habían llegado tarde a su final. Pero una de las más extrañas leyendas que se difunden por el pueblo es difícil de contar porque es tan trascendental la trama, que impone respeto y no se encuentran las palabras porque es la crónica de una bella aparición bajo el cielo de Anáhuac.

Raúl Santillán trabajaba de canalero en el Sistema de Riego y aquel 18 de diciembre del año 1982 venía de atender una encomienda por la sección 32. Manejaba despacio un viejo carro donde llevaba por compañía a tres traviesos sobrinos, hijos de su hermano Pablo; ellos eran Guadalupe de ocho años de edad, Jesús de diez y Pablo de 12. Hasta aquel día, eran unos niños mal hablados, rijosos y sin ninguna formación religiosa; pero como con su tío eran obedientes, Raúl no tenía inconveniente en invitarlos a sus andanzas por el campo.

Era un viaje como cualquier otro en compañía de aquellos inquietos niños que sólo la paciencia de Raúl podía tolerar. Jesús y Guadalupe peleaban en el asiento trasero e intercambiaban palabrotas y manazos trenzados en lucha cuerpo a cuerpo. Pablo, como hermano mayor que era, de vez en cuando volteaba a tratar de apaciguar a los rijosos desde el asiento delantero donde acompañaba a su tío; pero sabía que era inútil, pues un minuto después estarían otra vez peleando.

Al llegar a la altura del rancho La Noria, de Juan Guerra, Raúl observó a lo lejos que en una parcela adelante, un peón andaba a media tierra quemando ramas después de un desmonte. Con la conciencia adormilada en mil pensamientos, paseaba la vista por la llanura esperando pronto llegar al calor del hogar para disfrutar del descanso en compañía de su familia. De pronto, Pablo quedó petrificado con la vista arriba y al frente. De sus labios sólo salió un "¡Tío...! ¡Tío...!", mientras apuntaba a través del parabrisas.

Raúl volteó a verlo y le preguntó súbitamente preocupado: —"¿Qué tienes...? ¿Qué te pasa...?" —pero Pablo ya no podía hablar; sólo apuntaba repetidamente al cielo frente al carro y Raúl tuvo que seguir la dirección del dedo, y de un golpe metió el freno de pie. Entre la polvareda de la derrapada, bajaron tío y sobrinos y quedaron con la vista fija hacia arriba, hechizados ante una visión que jamás olvidarían. Allá sobre el horizonte norte, estaba la imagen de Jesucristo nítidamente trazada en el azul del cielo.

Los cuatro enmudecieron y Raúl no sabía si correr, gritar, rezar o hincarse, apabullado ante tan grandiosa aparición. Era una imagen de medio cuerpo, en una pose parecida al Sagrado Corazón, pero sin el corazón expuesto. Estaba trazado a todo color, delineado con tal definición que parecía que se hubiera hecho del cielo una gran pantalla donde, desde alguna parte, se estuviera realizando la proyección de la imagen Divina. El Cristo estaba estático, pero aunque sin movimiento, podía apreciarse cabello a cabello la caída de su pelo, el brillo de sus ojos, los colores de sus ropajes y sobre todo: aquella mirada que taladraba el pecho y la conciencia, y llenaba de lágrimas a los asombrados testigos de aquel prodigio. Lo que más recuerdan de aquella presencia, es que adornaba su cabeza con una estrella flotando sobre su coronilla.

Raúl, desesperado ante la imposibilidad de entender lo que estaba pasando, quiso preguntar a los niños si ellos también compartían aquella visión; pero al verlos con la mirada perdida en lo alto y con un gesto a punto del llanto, ya no sintió necesidad de aclarar nada.

¡Pero alguien más debía atestiguar el portentoso acontecimiento o de lo contrario creerían que los cuatro estaban locos! Rápidamente subió a los niños al carro y arrancó para detenerlo a la orilla de la parcela. Le gritó al hombre que quemaba ramas a unos sesenta metros tierra dentro. Acompañaba los gritos con señas para que también volteara al cielo. Sin embargo, el hombre lo miró a lo lejos y extrañamente, volvió a su trabajo sin hacerle caso. Luego se dio cuenta que aunque se esforzaba en el grito, de su garganta no salía sonido alguno, estaba con la voz bloqueada por la emoción que lo embargaba.

¡Tenía que buscar alguien más que viera aquello! Aceleró hasta llegar por la sección 91, buscaba llegar al rancho de su tío Pablo Ramos. Miraba desesperado que la imagen empezaba a perderse, a desdibujarse al viento de manera paulatina.

Llegó a la casa del tío; aporreó el claxon repetidamente y vio que salió doña Juanita Capetillo. Le gritó que salieran todos, que vieran al cielo. Doña Juanita llamó apresuradamente a los de adentro y mientras acudían a su llamado, ella quedó petrificada de asombro también con la mirada en lo alto. La imagen se borraba poco a poco, quedó sólo unos segundos más, pronto brillaban en el cielo, sólo aquella estrella flotante que alumbraba la frente del Nazareno.

Raúl Santillán dio gracias a Dios de que alguien más hubiera atestiguado aquella aparición y; llenos de entusiasmo, bajaron todos del carro para intercambiar impresiones con la familia Ramos: sentía su fe renovada. Y quedaron allí: unos con la razón bloqueada al no alcanzar a comprender plenamente lo sucedido, y otros limpiándose las lágrimas del rostro.

El resto del camino a Anáhuac lo hicieron en silencio. Los niños ya no peleaban. Raúl apenas ponía atención a los detalles del camino. Llegó a su hogar para compartir con los suyos aquella experiencia que todavía hoy lo conmueve hondamente al recordarla. Al momento de comunicar esta historia, han pasado más de 26 años a la fecha; pero en la memoria de Raúl, Guadalupe, Jesús y Pablo Santillán, así como en los recuerdos de Juanita Capetillo, quedó imborrable aquella imagen sagrada; manifestación que llenos de agradecimiento se han de llevar a la tumba como la mejor memoria de su vida y que, como parte de su equipaje, han de llevar en su futuro camino al Cielo.

*****

Un encuentro con lo arcano se da en cualquier momento, cuando menos lo espere. Y cuando las cosas sucedan, no busque una explicación para rechazar los hechos; la auto-negación es un papel que asumimos para fingir que nada es cierto, que en realidad nada ocurrió, que lo mejor es olvidarlo. El hombre es muy dado a negar todo aquello que no entiende.

Un profesor amigo mío me platicó una experiencia tan espeluznante que, a pesar de que han pasado más de 20 años, no ha podido olvidar; y mucho menos, encontrar una explicación racional. Pero dejemos que nos cuente él mismo esta extraña historia.

12
LAS BRUJAS DE MAZAPIL

"...Eran las vacaciones de verano y estaba yo estudiando la secundaria. Tenía 14 años de edad y junto con otros hermanos acompañé a mis padres a visitar a nuestros tíos por tierras de Zacatecas. El lugar al que íbamos es un pueblito muy antiguo, jurisdicción de Mazapil, poblado que tuvo su origen en la minería.

"En aquella pequeña población, paseamos y conocimos todo en un sólo día; era tan chico el pueblo que lo que procedía era seguir con los campos alrededor. Así pues, caminamos por los cerros, por las labores, y encontramos un riachuelo bordeado de grandes sabinos que cubrían con su cerrada sombra las orillas, y pasaba a unos quinientos metros de la casa del tío que nos alojaba.

"Una tarde, después de comer, mis dos hermanos y yo decidimos con los cuatro primos, ir al río a nadar e intentar pescar algo. Llenos de entusiasmo, salimos trotando para llegar lo más pronto posible y, en pocos minutos, estábamos ya acomodados en el mejor charco para una jornada de juegos. La tarde corrió entre las bromas y el relajo constante; pero unas horas después, el Sol ya estaba cayendo en el horizonte. Había que regresar a casa; pero tan felices momentos habíamos pasado, que decidimos reunir algo de leña y esperar la noche con una fogata. Estaríamos unas horas mirando las estrellas, intercambiando historias, hablando de nuestras escuelas, amigos, deportes y demás cosas que platican los niños.

"El Sol estaba ya en la línea poniente; la luz moría poco a poco y encendimos la hoguera. Todavía había una poca luz de día cuando escuchamos una risa que parecía rodearnos por todas partes. Era una carcajada de mujer que nos hizo poner de pie y buscar con la vista en todos lados para descubrir a la traviesa que parecía burlarse de nosotros. No veíamos nada y la risa dejó de escucharse.

"De pronto, se oyó un coro de risotadas y llenos de curiosidad volvimos a buscar: paseamos la mirada por todas partes; pero nada... A uno de los primos más jóvenes se le ocurrió buscar por los árboles, y lo que descubrió fue que las ramas de los sabinos estaban llenas de guajolotes que nos miraban atentamente.

"Quedamos viendo aquellos grandes y gordos pajarracos y el grupo se llenó de pánico cuando, de pronto, las risotadas estallaron entre aquellos animales. ¡Eran ellos los que se estaban riendo...!

"Un primo se agachó a tomar una piedra y casi por instinto hicimos todos lo mismo. Lanzamos los primeros proyectiles hacia el negro ramaje para tumbar un animal, cuando unas voces que venían de la copa de los árboles nos llenaron de espanto:

—¿Qué tienen, desgraciados? ¡No nos tiren piedras!

"Llenos de un repentino miedo al escuchar a los guajolotes hablar, olvidamos de cuanto traíamos, empezamos a correr hacia la casa a todo lo que daban nuestras piernas. Corríamos y escuchábamos el sordo batir de alas que despegaban de los árboles para perseguirnos. Volaban y gritaban una larga y bien surtida lista de maldiciones que se mezclaban con las carcajadas y el *flop, flop, flop* del aleteo. Parecía que se divertían con nosotros en un juego macabro. Corrimos y corrimos, sentíamos que la casa estaba demasiado lejos y que los animales se acercaban cada vez más.

"Yo me obstinaba en voltear repetidamente para ver, todavía con algo de curiosidad y miedo, qué tan lejos íbamos dejando a los animales; pero con preocupación veía que ya casi estaban sobre nosotros. De pronto, sentí que algunos estaban sobre mi cabeza. Volví la vista arriba y, efectivamente, estaban volando a unos dos metros sobre mí; pero algo me llenó todavía más de espanto: ¡Los guajolotes tenían cabezas humanas! ¡Todos tenían pequeñas cabezas de mujer; unas de pelo corto, otras de pelo largo, liso, ondulado...!

"Al darme cuenta de esto, el terror se convirtió en un agudo instinto de supervivencia y corrí más rápido. Y yo, que por curioso iba más de 20 metros atrás de todos, llegué a la casa casi 50 metros adelante de mis aterrados primos y hermanos.

"Las luces empezaban a prenderse por el poblado. Los guajolotes dieron una vuelta en su ruta sobre nosotros y, entre carcajadas, se perdieron en la naciente penumbra.

"Llegamos jadeantes, todavía llenos de miedo, intercambiábamos impresiones de la experiencia que habíamos vivido como para asegurarnos que era verdad lo que habíamos visto. Todos coincidíamos en la descripción de guajolotes con cabezas humanas; pero, cosa curiosa, en nuestras casas nadie nos creyó o, tal vez, sólo fingieron no creernos.

"Sólo la abuela estuvo de acuerdo con nosotros. Nos dijo que habíamos tenido un encuentro con las brujas que muy seguido se ven por la región; las hechiceras, que toman forma de un animal o de una bola de fuego para volar desde lejanos lugares para reunirse en sus ceremonias. Nos consoló diciendo que aunque tenían formas animales, eran seres humanos y que realmente no querían dañarnos sino sólo divertirse con nuestro miedo. Por fin alguien nos daba una explicación más o menos congruente con lo que habíamos vivido. Los demás siempre buscaron en nuestra mente al pensar si todo aquello fue producto del miedo colectivo; si todo aquello lo habíamos construido con nuestro temor; hasta llegaron a preguntarnos si habíamos tomado algo, sin pensar que éramos sólo unos niños.

"Preferimos mejor callar aquella experiencia por temor a que se rieran más de nosotros. Pero entre más años han pasado, más convencidos estamos de aquella extraña aventura que en el tiempo ha crecido en convicción y se ha conservado como uno de nuestros más imborrables recuerdos...".

Mucho tiempo ha pasado. Mi amigo estudió dos carreras, obtuvo títulos universitarios que lo clasifican entre los hombres de pensamiento científico, los académicos, en los que no cabe ni el más mínimo rasgo de superstición; sin embargo, él jamás olvidará y jura que es verdad esta aventura.

Y usted, esta noche esté atento a los sonidos y sombras en la oscuridad. Cuidado con las risas en la maleza, cuidado con los guajolotes que se crucen por su camino. Mírelos bien. Puede que usted también tenga esta noche un encuentro con...

Las brujas de Mazapil...

*****

13
UN ALMA EN BUSCA DE CONFESIÓN

Era el año 1958, la sequía tenía en crisis al norte de México. La presa Don Martín, en terrenos de Coahuila, se encontraba vacía; los riegos estaban suspendidos y toda actividad agrícola también. Ante la falta de dinero, los comercios de Ciudad Anáhuac lucían desiertos y los fleteros que desde todas partes del país venían a llenar sus camiones con las preciadas pacas de algodón, parecían para siempre desterrados. Con las despepitadoras sin actividad y cientos de trabajadores sin empleo, todo era penuria y deseo de abandonar el terruño con rumbo a Nuevo Laredo o Monterrey para definitivamente, nunca más volver. En este marco trágico, mucha gente se negó a dejar morir el poblado y resistió pacientemente, casi al borde de la hambruna.

Don José Santillán padecía también la falta de todo y se empleaba por unos cuantos pesos en "lo que saliera"; así que su hijo Raúl, un joven de catorce años, decidió ayudar al gasto familiar y ya que no había actividad en la parcela, se consiguió un cajón y equipo para bolear. Algunos centavos que aportara a la casa para algo tenían que servir.

En aquel tiempo vivía en la estación Rodríguez y, al combinar la boleada ambulante con una pacífica vagancia, a veces le daba la media noche en la calle. Su punto de reunión favorito estaba a dos cuadras de su casa; era el cruce de la hoy carretera a Colombia a la altura de la calle de Doctor Díaz. Ahí, sentados en la acera del templo del Sagrado Corazón, sus amigos y él esperaban el paso de un exprés o una pick–up para correr y colgarse de la parte trasera. Se iban trepados o sentados en la defensa, y saltaban a la siguiente cuadra para devolverse y esperar su turno para "colear" otro mueble cualquiera.

Una noche, cerca de las 12, cuando Raúl estaba sentado en la acera en comentarios finales con sus tres habituales compañeros de boleada, un hombre desconocido de edad indefinida, se paró repentinamente ante ellos. Asombrados por la súbita presencia, lo miraron de arriba abajo. Parecía de buena familia a juzgar por su elegante traje gris oscuro; pero lo que más les llamó la atención fueron su palidez y su peinado relamido y brillante. De modales finos, alto, delgado y de rostro afilado, lo notaron como embargado por una gran preocupación al preguntarles:

—¿Saben ustedes si se encuentra el cura de la iglesia?

Raúl se adelantó a sus amigos para darle una razón:

—*Pos' orita'* están *nomás* una viejita que hace el aseo y vive allí, y dos monjas que duermen en otro cuarto; pero el padre, no sabemos... A veces duerme aquí; a veces duerme en la otra iglesia.

—¡Es que me urge hablar con el párroco...! Vengo muy apurado... ¡Necesito verlo...! Por favor, díganme, ¿cómo podemos saber si está aquí en esta iglesia?

Las palabras del extraño se oían como desesperadas.

—*Pos'* no podemos saber... Si quiere, entre... Toque en aquel cuarto de la derecha, que es donde duerme; a ver si está...

Los cuatro lo vieron entrar apresuradamente, a pasos largos; y atravesar con su cuerpo los hierros del antiguo portón del templo. Luego lo vieron pasar el amplio patio y llegar ante el dormitorio del cura y penetrar las gruesas maderas de la puerta de aquella habitación.

Los amigos quedaron callados ante estos dos hechos insólitos. Se miraron sonrientes pero confundidos. Todavía no les "caía el 20" de lo que estaban viendo, hasta que uno de ellos hizo el comentario obligado:

—¿Vieron...? ¿Cómo pudo entrar si nunca abrió ni la reja ni la puerta...? ¿Vieron cómo los atravesó con su cuerpo...? Quedaron los cuatro en silencio... Un frío repentino bajó por su nuca acariciando su columna vertebral hasta llegar a las corvas que empezaron a temblar. Las piernas se negaban a sostenerlos pero se hacían fuertes. Parecía que no querían aceptar que habían atestiguado una presencia del más allá y mucho menos que hasta estuvieron hablando con ella. No se dijeron una palabra más... De pronto, en un grito a coro, y arrebatados por el espanto, corrieron hacia los cuatro puntos cardinales buscando el amparo de sus hogares.

Hasta el año 2008, han pasado 50 años y, los entonces niños son hoy hombres viejos; pero todavía recuerdan con un leve escalofrío aquella alma en pena que urgentemente buscaba un confesor, quizá para declarar sus pecados y lograr por fin el perdón y el descanso eterno.

Pero esta noche, si pasa usted por el frente del templo del Sagrado Corazón de la vieja estación Rodríguez, no se asuste si un elegante caballero, enfundado en fino traje gris oscuro, lo detiene para preguntarle por el párroco que tal vez todavía no ha logrado entrevistar para consumar la confesión de sus pecados. Simplemente, déle razón de lo que pide o condúzcalo personalmente ante cualquier cura de nuestras parroquias. Y una vez consumada su buena acción, vaya a su cálido lecho y tenga usted...

Dulces sueños...

*****

14
Las hechiceras

El año 1948, don Telésforo Palomares, junto con su familia, dejó Anáhuac para buscar fortuna en Pozo de San Juan, Tamaulipas. Se sabía que por esas tierras pasaría un gran proyecto regional, el canal Las Anzaldúas; así que se acomodarían a sus orillas y dispondrían de un riego inagotable; el algodón vendría por toneladas: un gran futuro los esperaba.

Aunque aquella obra aún tardaría, Palomares obtuvo dos parcelas en Plan del Alazán; y en el desmonte a mano de las 40 hectáreas, se fueron los días, las semanas, los meses, y también el dinero y los bastimentos. El agua para uso del hogar tenían que acarrearla desde Pozo de San Juan. A 15 kilómetros a la redonda no había auxilios médicos sino hasta Valle Hermoso, y todo era penar y carecer de lo más indispensable.

Muy seguido, nuestros sueños se convierten en pesadillas y nuestros pavos reales, en gallinas flacas. Desesperado, don Telésforo vendió la parcela y fue contratado como administrador de un rancho ajeno a 35 kilómetros de la ciudad de Río Bravo; su principal ayuda sería su hijo Josué, que lo auxiliaría como tractorista. La situación era diferente. Había mucho trabajo porque por allá los ranchos algodoneros eran de 50 o de cien hectáreas. Don Telésforo era un hombre muy emprendedor y combinó su trabajo de administrador con el de comercio; abrió una tienda de abarrotes y vendía comestibles y ropa por todos los ranchos cercanos gracias a un viejo carro Ford que compró.

Ahí en Río Bravo, su hija Francisca, una bella muchacha en edad casadera, conoció al que sería su novio, luego su esposo y padre de sus hijos. El yerno obtuvo la administración de un rancho cercano a Nuevo Laredo y la pareja se cambió para allá; tuvieron el primer vástago, y todo parecía felicidad hasta el final de aquellas vidas.

En 1950, Telésforo tomó a su familia y regresó a Cd. Anáhuac para ya no volver a separarse de sus mayores. Atrás quedó Francisca y tal vez ya poco la verían; mas en aquel tiempo, con una buena pareja la vida de cualquier mujer estaba plenamente asegurada. Poco después, recibieron la noticia de la llegada de un segundo hijo. Todo estaba en paz en sus vidas.

Telésforo se recogió con su padre, don Eduardo; y mientras trabajaba la tierra, los años se fueron en santa paz; pero en el mes de marzo de 1955, llegó Francisca cargando sus dos hijos y con un embarazo muy avanzado.

Sin embargo, no fue una visita que los llenara de alegría por el reencuentro, no; Francisca venía enferma, había perdido toda belleza, lucía pálida, flaca, y sus ojos antes hermosos, ahora eran unas cuencas sumidas en un rostro ensombrecido de tristeza. Se pasaba en silencio las horas y los días, y no contestaba a preguntas. Una gran tragedia había vivido, y no quería compartirla con nadie. Su esposo, sin saber por qué, la había abandonado. Pasaba los días y las noches pensativa, tal vez llorando a su pareja y, extrañamente, estaba siempre llena de piojos. Aunque su madre le cortara el pelo y la aseara todos los días con las recetas de ese tiempo, los piojos brotaban día a día, cada vez más.

Dio a luz; pero el niño nació muerto. Ahora todo era tragedia en aquella vida que sólo unos meses antes parecía plena de felicidad. En ocasiones, se llevaba las manos al cuello en señal de forcejear contra algo; y cuando acudían en su auxilio, contaba que dos mujeres se metían a su cuarto y trataban de matarla por estrangulamiento. Su familia no veía nada, pero llegó el momento en que aun en las noches la vigilaban constantemente porque los ataques se daban más frecuentemente al caer la oscuridad.

Una mañana, su hermano Josué la visitó en su cuarto antes de la salida del Sol y percibió el aire lleno de olores desagradables, como de perfumes baratos y coloretes de fuertes aromas. Extrañado, le preguntó por esos olores; pero ella, desde que se casó, no usaba ni labiales ni fragancia alguna. Josué sintió un escalofrío cuando escuchó que, eso que olía era de las dos señoras que llegaban por la noche para atacarla. Cada vez que se iban, dejaban el aire impregnado de sus perfumes.

En Estación Rodríguez, vivía doña Julia, partera de oficio, pero era el curanderismo lo que más respeto le había ganado entre la gente de la comarca. Su madre llevó a Francisca con aquella poderosa mujer que inmediatamente descubrió que lo que la joven madre padecía, era un *mal puesto*. Era viernes. Prometió que iba a curarla pero necesitaba prepararse para empezar el ritual hasta el siguiente lunes. El sábado, la joven sentó su triste figura en la cama y le dijo a Josué que estaba *antojada* de un caldo de pescado. Su hermano bajó inmediatamente al río Salado para tender sogas y acomodar anzuelos en lugares estratégicos, feliz de dar un servicio a su querida hermana. Sin embargo, un momento después, lo llamaron de urgencia. Francisca se había puesto muy mal y Josué corrió a tratar de dar algún auxilio.

Al llegar, la encontró desvanecida en su lecho, rodeada por la familia, y le aplicó alcohol en la nariz para tratar de reanimarla; de pronto, la joven abrió los ojos y le dijo con voz de súplica, desesperanza y tristeza:

—¡No me pongan más alcohol...! ¡Ya déjenme ir...!

Josué la abrazó desesperado y sintió los estertores finales de aquella vida que les fue imposible salvar. El llanto de todos cayó sobre Francisca; mientras un olor a perfume y lápiz labial impregnaba fuertemente el ambiente. El Mal, había triunfado.

Doña Julia explicó que las brujas sabían que el fin de su mala obra estaba cerca y llegaron a matarla antes que llegara el lunes. Lo que siguió fue una penosa jornada de dolor: el velorio, las oraciones, el seguir con paso lento la carroza que llevaba al Panteón Municipal los despojos de la que había sido la más bella hija de la familia Palomares. Tras el último puño de tierra, todo había terminado.

Tiempo después, el esposo se presentaría a recoger a sus hijos y los años pasarían hasta nuestros días, en que jamás volvieron siquiera a dejar en su olvidada tumba una flor o un lágrima. La vida es así: hoy somos amor y odio; mañana seremos solamente olvido.

La brujería es un mal que nos acecha día a día. Sólo la oración en busca de protección divina nos mantiene libres de todo mal. Quizás un mal amor, tal vez una rencilla, una envidia; a lo mejor, un pasaje de su vida que desea ocultar algún día regrese a usted como una amenaza hecha de recuerdos olvidados.

...Y entonces, un olor a perfumes baratos rodeará su lecho por las noches..., y una risita lo saludará desde los árboles..., y moscas, cucarachas y piojos brotarán a su alrededor..., y un ligero malestar irá apoderándose de usted día con día. ¡Cuidado...! Puede que usted ya también esté siendo visitado por...

Las hechiceras...

******

15
LAS MANOS DEL DIABLO

La tarde estaba fría en aquel pueblo del altiplano del sur de Nuevo León pues soplaba un viento tan helado, que calaba hasta en los huesos. El Sol ya pronto caería tras las achatadas montañas áridas; y como todos los atardeceres, los hombres del poblado se reunían a platicar o jugar baraja y dominó en la tienda de abarrotes, después de una pesada jornada en el campo.

En el pueblo había un anciano solitario que años atrás había enviudado. Sus hijos habían emigrado o se habían casado y pasaba días sin recibir siquiera una visita. Por su edad, era poco el trabajo que podía desempeñar y a falta de dinero, iba a esa tienda con la esperanza de que alguien le regalara una copa de mezcal.

—Buenas tardes —dijo el viejo.

—¿Cómo está don Fidel? —le contestó un parroquiano condescendiente ante aquellas canas bajo el sombrero de palma.

—Pues, bien; pero con este frío, se antoja un traguito —contestó el anciano sin una sonrisa, pero directo al motivo de su visita.

Los hombres empezaron a reír con lo cual hicieron sentir a quien lo saludó que le tocaba pagar por la atención; pero el hombre sonrió también divertido y le pidió al tendero que le sirviera una copa. Aquel día acababan de recibir apoyos para el campo y era temporada en que traían dinero en los bolsillos; había con qué invitar. Aquel viejecito, aunque fuera con un vasito se ponía "hasta atrás" pero seguía ahí, para escuchar en silencio las conversaciones sobre la cotidianeidad campesina como hasta la media noche.

—Me voy a dormir... Ya es muy tarde... —dijo Don Fidel con la voz serena pero el paso incierto.

Los amigos de ocasión sonrieron al ver que iba "bien servido" y bromearon con el apreciado viejo.

—¡Újule, don Fide! ¡No aguanta nada! Pero ándele pues... Que le vaya bien, y aquí nos vemos mañana.

—Gracias... Que pasen buenas noches —dijo el anciano y empezó a caminar hacia su casa, que se encontraba a las afueras del poblado.

Al salir de la tienda, sintió que el aire le pegaba fuerte en la cara. Cada vez era más intenso el frío. Aquella sería una dura madrugada. La única calle estaba muy oscura y sólo de vez en cuando se veía alguna luz prendida en el interior de alguna modesta vivienda. El viejo caminó por el centro de la rústica avenida, cuidaba de no apresurar el paso porque la bebida le había entorpecido un poco el movimiento y podría caer.

Aunque vivía solo, pensaba que llegar a casa con la vestimenta empolvada no parecía muy propio de un hombre de su edad. Puede perderse la juventud; pero jamás la dignidad.

Al dar vuelta en una esquina, vio algo como una sombra que lo empezó a seguir y continuó tras él hasta la salida del pueblo. Cada vez que volteaba a ver al sospechoso, se le escabullía entre arbustos y casas. Tras tanto errar en el intento de verlo bien, pensó: "Ha de ser mi imaginación...".

Ya en pleno despoblado volvió a sentir que no iba solo; que algo, o alguien, iba a un lado de su espalda. Aunque no quería voltear porque ya sentía que lo asaltaba el miedo, se dio cuenta que *aquello* que lo seguía acortaba distancia peligrosamente y ya podía sentir su cercanía y escuchar sus rítmicos jadeos que eran como un resuello animal.

Ahora sus quijadas estaban trabadas de pavor, no podía articular palabra y con el pensamiento, el viejo le pedía a Dios que lo ayudara. De pronto, cayó la inconsciencia total...

Pasaron dos días de aquellos hechos y no se sabía qué le había pasado a don Fidel. Como era su rutina, los hombres del lugar seguían reuniéndose en la tienda de abarrotes que era su único espacio social; y se dieron cuenta que a la siguiente noche, faltó la visita casi obligada del viejo. En la segunda jornada sin él, entró inesperadamente el hijo menor del anciano, un muchacho de 20 años de edad.

—¿No han visto a mi papá? —preguntó paseando la vista entre todos— ¡Lo hemos buscado por todas partes, pero no lo hallamos!

El joven se notaba alarmado por su desaparición y los lugareños mostraron interés y preocupación. Se acercaron en torno al muchacho y recordaron cuándo había sido la última vez que había convivido con ellos así como la hora, en qué estado se había retirado, y que ninguno lo había visto después de aquella noche.

Uno de ellos propuso con decisión: "¿Por qué no vamos a buscarlo? ¡Seguro que entre todos lo encontramos!" Y así lo hicieron. Rompiendo su rutina, salieron a la oscuridad a buscar por los montes vecinos. Encendieron antorchas y otros salieron con lámparas de petróleo o de pilas; por grupos se perdieron entre mezquitales y huizachales buscando por cada matorral mientras gritaban: "¡Don Fidel! ¿Dónde está...?".

Pero solamente los sonidos de la noche les respondían. Tras dos o tres horas de exploración, ya cansados, decidieron que sería mejor reiniciar la búsqueda al día siguiente a plena luz del Sol. Así continuaron por la mañana con cada vez menos cooperación ya que, debido al trabajo, iba bajando el número de colaboradores; o tal vez empezaban a dar por perdido al viejo.

Pasaron tres días más y don Fidel no aparecía, cuando sucedió lo inesperado. Mientras un vecino del lugar laboraba en su parcela, se terminó el agua de su provisión y caminó rumbo al arroyo cercano a llenar la caramayola; pero al regreso, cuánta sería su sorpresa al ver que entre unos cerrados matorrales se encontraba don Fidel, tendido boca abajo e inconsciente. Lo reanimó rociando agua en su rostro y al dar los primeros movimientos, el viejo se sacudió en espasmos mientras gemía:

—¡Déjame...! ¡Suéltame...! —y se revolvía en actitud de estar dispuesto a luchar contra algo.

—¿Qué le pasa? —preguntó el labriego. Don Fidel abrió los ojos al máximo con una expresión de terror como si estuviera viendo a la misma Muerte.

—Cálmese, amigo... Ya no va a pasarle nada...—le dijo el campesino conciliador y conmovido ante el estado del anciano.

Con gran cuidado, aquel hombre lo cargó hasta un carromato que esperaba a la orilla de la parcela y lo llevó a su familia. El hombre lucía enajenado y muy débil. Al entregarlo a su hijo, lo ayudó a asearlo ya que estaba con ropa, rostro y cabello llenos de tierra.

Descubrieron que en sus axilas se observaban verdugones y áreas desolladas, como si alguien lo hubiera cargado de esa parte de su cuerpo con fuerza y brutalidad. Esa zona de la chaqueta y camisa estaban desgarradas.

El anciano se reanimó brevemente, tomó desesperadamente un poco de alimento y se quedó dormido. Al despertar, ya un poco más tranquilo, fue interrogado por los amigos cercanos de aquella familia que ya estaban haciendo guardia ante su lecho.

Obviamente, todos querían saber qué había sucedido con él todos aquellos días en que estuvo perdido. Don Fidel les contó:

—El Diablo llegó por mi espalda, me cargó por los sobacos y me llevó volando a un lugar desconocido. Era un sitio oscuro, húmedo; como una cueva donde al menos no estaba tan frío como afuera. Mientras me tuvo a su merced estuve paralizado, no podía moverme. La mayor parte del tiempo estuve desmayado y por momentos de lucidez, entre la negrura de aquella caverna que no podría identificar, lo veía que me acercaba su horrible rostro de animal, su cuerpo robusto, hediondo, y respiraba muy cerca de mi cara; y en el constante resuello, me recorría todo el cuerpo como si lo explorara olfateándome centímetro a centímetro.

Luego les dijo que, cuando pudo moverse, despertó sintiendo agua en la cara; era el vecino que lo reanimaba para rescatarlo. Sabía que todo era inexplicable e increíble; que se exponía a que lo creyeran loco, pero lo había vivido en carne propia y no le quedaban más pruebas que las heridas en las axilas y alrededor de los hombros donde había sido tocado por...

Las manos del diablo...

*****

Es la siguiente una historia que don Luis Cervantes Salas, vecino de Anáhuac, Nuevo León, desea compartir con nosotros. Es una trama que parece cuento de terror por lo insólito de los hechos pero aunque tiene sus bases en la realidad, esta narración es increíble; y por eso, ha pasado a ser una leyenda más que ha de recordarse a través de los años y trascenderá a las generaciones. Dispóngase usted a entrar a la extraña historia de...

16
EL AULLADOR

Don Luis es un hombre que desde que tiene uso de razón recuerda con claridad todo cuanto le ha sucedido. Hasta la edad de diez años se le consideró un niño miedoso; pero una anciana le recomendó a su madre un misterioso remedio: le dijo que lo llevara a escuchar misa, y lo pusiera en la sacristía para que desde allí pudiera observar al sacerdote vestirse y desvestirse con la sotana y casulla de la Celebración. Todo trascurrió como fue planeado; y cuando terminó el ritual, fue santiguado con agua bendita y le dedicaron unas oraciones. Y santo remedio, el miedo había desaparecido para siempre.

Él no se sintió diferente, pero muy pronto iba a enfrentar su primera prueba. Al otro día, un niño más grande que lo tuvo siempre atemorizado, le salió al paso. Era Pedro, el prepotente, el terror de la escuela. Acostumbrado a abusar de los más débiles, lo escogió en el recreo para divertirse al golpear a alguien como era su rutina de todos los días. No sabía que Luis estaba ahora dispuesto a defenderse. Pedro lo vio inclinarse a tomar una piedra; con la mirada incrédula, la vio volar hacia él y cayó desmayado sangrando de la cabeza. Desde ese momento y para los años venideros, Luis sería respetado y señalado como alguien con valor; pero eso sí, jamás fue pendenciero y sólo peleaba cuando era necesario defenderse de una agresión.

El tiempo, que jamás se detiene a atestiguar las historias que en él se tejen, siguió su marcha. A la edad de 18 años, Luis era ya un muchacho decidido, *bien plantado* y enamorado. Más de cuatro muchachas de los ranchos vecinos a la antigua escuela rural "Niño Artillero" y la estación Rodríguez, se entusiasmaban al verlo pasear en su caballo. Y recuerda que a finales de los años cincuenta, llevado por su juventud y disposición de dinero, se paseaba libre a los cuatro vientos; pero siempre después de cumplir fielmente con su trabajo y la novia en turno.

Una madrugada que dejaba la estación, y a lomo de su caballo regresaba a su rancho para descansar tras una noche de parranda, al ir por los parajes que hoy son ocupados por la colonia Anáhuac, vio una mujer vestida de largo y blanco vestido que a buena distancia iba caminando delante de él. Inmediatamente pensó en una aventura, y azuzó el caballo para alcanzarla. Se acercó un poco, pero ya de allí no pudo acortar más la distancia. Por más que espoleó a la bestia no podía darle alcance. Sin voltear siquiera, la mujer se deslizaba a la misma velocidad que él demandaba a su caballo.

De pronto, la noctámbula desapareció ante su vista y un golpe seco en el pecho casi lo tumbó de la montura. Era un grueso mecate atado de lado a lado del camino, que alguien había puesto como una trampa. Sacó su filosa navaja y cortó la cuerda sin dificultad. Luego, maniobró en círculos el caballo, sacó el revólver y lanzó dos disparos al aire, retaba a gritos para que salieran *a terreno* los que habían puesto aquella trampa; mas nadie se atrevió a salir.

Nunca supo si la mujer era parte de la emboscada o si por desaparecer frente a él era una manifestación de lo sobrenatural; en todo caso, poco le importaba y pronto dejó de pensar en el asunto. Pero a los pocos días, quiso el destino jugarle una broma macabra; una mala jugada urdida tal vez desde el más allá que recordaría para toda la vida.

Un anochecer, se dirigía a un rancho vecino pues un amigo lo había invitado a que lo visitara. Satisfecho de haber cumplido con las labores del día, cabalgaba por los montes y pronto vio a lo lejos las luces de la casa amiga. Cuál no sería su sorpresa que al llegar no encontró al hombre que buscaba; sólo estaba su esposa, una bella y morena joven que lo recibió nerviosa.

Él, al darse cuenta de la ausencia del amigo, caballerosamente le pidió disculpas para retirarse; pero se sorprendió cuando la mujer le suplicó con voz temblorosa que no la dejara sola porque, aunque no sabía la causa, se sentía llena de miedo; como un mal presentimiento que desde hacía rato la estaba atormentando.

Luis quedó parado ante la mujer, indeciso y sorprendido. De pronto, los perros del rancho empezaron a gemir y a dar vueltas repentinamente enloquecidos; y como respuesta a todas las dudas que por un momento pasaron por su mente, del cuarto donde se guardaban las guarniciones, salió un robusto bulto peludo, tan negro como la noche. El extraño ente de aspecto animal medía unos dos metros de alto, sostenía su corpulencia en dos patas, y elevaba al cenit su hocico como de lobo, para lanzar al aire un potente aullido que los sobrecogió de espanto.

Luis, aunque se consideraba limpio de todo miedo, retrocedió unos pasos y muy a su pesar, sintió que se le erizaban los cabellos. Aquello era algo que ningún valor humano podía enfrentar. Pero como natural reacción, inmediatamente sacó la pistola y apuntando al amplio pecho del horroroso ser, accionó tres veces el gatillo; pero para su asombro, ni una bala se disparó. Parecía que el arma estuviera bloqueada por una fuerza maligna.

La gran bestia quedó parada, con sus ojos de fuego clavados en los de él, levantó otra vez el hocico al cielo lanzó un aullido más, que parecía taladrar los oídos e invadía de terror las almas. La joven, aterrorizada al punto de la locura, de un salto se acercó a Luis y se aferró a sus espaldas, temblorosa y sollozante. La bestia maligna dio un ágil salto y quedó parada sobre el techo de la bodega, que recortaba su silueta bajo las estrellas, mientras lanzaba sus aterradores aullidos a los cuatro vientos.

Luis estaba congelado ante la presencia de la bestia sin saber qué más intentar. La esposa de su amigo se apretaba amparándose a su espalda y sacudida por el llanto le suplicaba: "¡No se vaya, por favor...! ¡No me deje sola en el rancho...!" Luis, inútilmente apuntaba al ente infernal sin poder hacer nada.

En esos cruciales instantes, llegó su amigo, y al verlos abrazados, pensó lo peor; y mientras daba un grito de furia se lanzó contra él con el machete en la mano.

Luis caminaba hacia atrás y le gritaba que se calmara, que no era lo que pensaba; pero tras librar dos o tres mandobles, no pudo aguantar más, tomó una piedra, y lo hizo caer atontado con la frente manando abundante sangre.

Aunque había actuado en defensa propia, sintió gran pena por su amigo. Sinceramente preocupado, se acercó a levantarlo y a explicarle lo que había sucedido; pero el terrorífico ser ya no estaba allí para confirmar la verdad de su historia. El campo aún estaba invadido de un terrible olor a azufre, los perros aullaban, retrocedían y daban vueltas con el rabo entre las patas como pruebas fehacientes de lo acontecido; sin embargo, nada pudo convencer de lo ocurrido a aquel hombre herido en la frente y en su honor.

...Y ahí acabó una amistad de muchos años. Ya jamás se dirigirían la palabra y cada vez que sus caminos se cruzaban, Luis sólo recibía miradas de tristeza y odio; y al fin, el hombre acabó también por abandonar a su inocente esposa. ¡Y todo por un mal entendido!

Tal vez ni usted ni yo habríamos creído tampoco esta historia porque son hechos insólitos, encuentros con lo desconocido que sólo quienes viven pueden creer y contar aún corriendo el riesgo de que los juzguen locos.

Hoy, don Luis Cervantes es un hombre bien centrado en sus 70 años; tan trabajador como cuando era joven, pero aún recuerda esta extraña y triste aventura como si la hubiera vivido ayer. Y en sus momentos de reflexión, todavía se pregunta si no habría sucedido todo aquello con el propósito de traer desgracia y sangre a sus vidas como un triunfo más para el demonio que envió aquel monstruo ante ellos; una extraña bestia que no pudieron describir sino simplemente como...

El aullador...

****

17
AMOR ETERNO

Hasta Colombia, por las orillas del Bravo, fue Lampazos de Naranjo quien tuvo la jurisdicción. Así, Estación Rodríguez, Anáhuac con sus ejidos, y el desaparecido Camarón, tienen una historia común y sus habitantes están tan relacionados, que las familias comparten los mismos relatos y los cuentan de un poblado a otro como si aún fuesen un mismo municipio.

Hay una leyenda de amor que se cuenta por Lampazos. Nadie dice cuándo o quién; nadie da una dirección y sólo se ubica la conseja en la memoria del pueblo; digamos que es una historia sin tiempo. Aparentemente, se ubica a finales del siglo XIX y a nosotros no nos toca más que vestir con nombres supuestos esta narración popular para mejor manejo de la trama.

Eran novios Marina y Gabriel y se amaban con amor tan profundo, que seguido lo subrayaban con la promesa de amarse aun después de la muerte, en una versión del amor eterno que toda pareja se jura.

Pero siempre hay *un pelo en la sopa*, un *prietito en el arroz*, un diablo en cada historia; y este triste papel le tocó a quien fue el primer novio de Marina, quien por un machismo mal entendido, no podía aceptar que alguien tocara aquellos labios que una vez fueron sólo suyos. Aunque habían pasado tres años desde el fin de su relación, no se resignaba a mirar pasar a la feliz pareja tomadas de la mano, exhibiendo su amor por las empedradas plazas y aceras del antiguo pueblo minero.

Buscó molestar a los novios con indirectas y abiertas ofensas, hasta que la violencia estalló y todo quedó en una trifulca que perdió el despechado. Sin embargo, ahí no podía parar la cosa; el pueblo era demasiado chico para los dos y el obstinado no descansaría, al buscar mil caminos para una venganza artera.

Mientras tanto, para Marina y Gabriel la vida florecía en mil besos, caricias y promesas, y esto los llevó a decidir su destino con la entrega del anillo de compromiso. Los padres de ambos celebraron en alegre convivio para fijar la fecha de la boda, que sería el primer paso para una larga vida de felicidad y nietos, muchos nietos, corriendo por la casa.

Tras la petición de mano, todo fue preparativos y alegres planes que ocuparon a las familias en un ir y venir para alistar vivienda, ajuar y dotes. Y como el tiempo vuela, la última noche de noviazgo los enamorados desesperaban por ver el Sol del día siguiente, que parecía se tardaba para traer el primer día luminoso de todos los que les esperaban. Al fin, en un suspiro ilusionado, se despidieron cada uno a su casa para esperar que pronto acabara la última noche de vivir separados.

Aquel domingo, las campanas del templo del Sagrado Corazón lanzaron sus voces de bronce al viento, para invitar al pueblo a una misa donde dos jóvenes lampacenses unirían para siempre sus vidas.

La novia llegó radiante. Se bajó de la adornada carriola nupcial, comunicaba una felicidad que nada más los que aman desbordan por sonrisas y miradas. Solamente se esperaba el arribo del novio, que... ¡no llegó!

Novia y familiares estaban confundidos y alarmados, pero en sus mentes no cabía la más leve duda sobre el firme amor y decisión que siempre demostró Gabriel. Él dormía en un cuarto aparte con salida a la calle, y no amaneció en su cama. ¡Algo tenía que haberle sucedido!

Y Marina no pudo más... Rompió en un convulso llanto que no tenía por qué esconder ante los presentes.

El escándalo corrió por todo el poblado dando voces puerta por puerta y mil supuestos se inventaron por lenguas viperinas que —como siempre—, se regocijaron hasta la saciedad con la desgracia ajena. Pero otras voces se levantaron para pedir el esclarecimiento de todo aquello y docenas de familiares y amigos se dedicaron a rastrear pueblo, ranchos, montes vecinos, y hasta domicilios de parientes y conocidos por los pueblos de Candela, Valladares y hasta Nuevo Laredo. Por fin, una noticia llegó para oscurecer todavía más este triste relato: en un remanso del río Candela, fue encontrado flotando el cuerpo de Gabriel con varias puñaladas por pecho y espalda. Era fácil saber el nombre y los móviles del asesino; mas sin embargo, capturarlo no fue consuelo alguno pues la pérdida de una vida que prometía tanto, con nada podía pagarse.

El dolor cubrió de lágrimas y luto a las familias. La inconsolable Marina supo lo que era la viudez aún antes de ser casada; y la tristeza la hizo pasar muchos días y noches de encierro y sólo el constante llanto se escuchaba tras la puerta de su habitación que parecía clausurada para siempre. Y tras una de tantas noches de desvelo, cuando la familia aún no acababa de levantarse, por la madrugada la vieron salir al patio, vestida por última vez con su traje de novia y con el ahora marchito ramo nupcial entre las manos. Con paso solemne se dirigió hacia la profunda noria; y sin emitir siquiera un grito, se lanzó de cabeza por la oquedad en un salto hacia la eternidad, al reencuentro con aquel a quien había perdido.

No cabe duda: el amor nos tiende caminos de felicidad, de vida; pero, a veces, también de dolor y muerte.

La tragedia de nuevo llenó de lágrimas aquel hogar y al pueblo entero.

Muchos, muchos años han pasado, y generaciones enteras han marchado a ocupar su lugar en la última morada que también por nosotros espera. Pero sobreviviendo a los tiempos, esta historia ha seguido contándose junto con un epílogo increíble: Dicen que de aquel pozo, por las noches de Luna llena, se ve salir una bella alma en pena que, vestida de novia, se eleva al cielo perdiéndose en la nada. Muchos cuentan también de unos jóvenes enamorados que se aparecen en el remanso del río donde fue encontrado el cuerpo de Gabriel, así como de una pareja que parece platicar, sentada en el pretil de la noria trágica, donde la joven suicida, rebelándose a su destino, tomó la fatal decisión para hacer realidad la promesa de vivir aun más allá de la muerte...

Un amor eterno...

*****

ANTECEDENTES

¿Existirán los vampiros tal como la tradición popular y la literatura los ha concebido? ¿Habrá seres de oscuridad que viven miles de años alimentándose de sangre humana? Quizás el vampirismo tiene una base diferente a la que conocemos. Tal vez la sangre humana no es más que una idea alegórica de lo que realmente nos da la vida. Tal vez la sustancia vital no es precisamente la sangre, sino el fluido universal con el que nacemos y que vamos enriqueciendo al paso de los años, que es lo que realmente apetece el vampiro.

Hoy vamos a entrar a una historia verídica donde se cruzan la malicia humana, que nos lleva a la perdición; y la astucia de los seres del inframundo para llamarnos a sus redes mortales al aprovechar nuestras debilidades. Dispóngase a recibir...

18
UN BESO
PARA MORIR

La antigua Estación Golondrinas, de Lampazos, Nuevo León, dormía bajo la Luna creciente en medio de las tierras áridas que apenas se visten con algunos arbustos espinosos y bajo chaparral. La noche estrellada mostraba con claridad la blanca nebulosa de la Vía Láctea mientras don Vicente, guardia de seguridad en turno, para refrescarse un poco en aquella noche de agosto, subió al techo de lo que fueron los hogares de los trabajadores del riel, una construcción de diez casas en fila paralela a las vías, con un techo común que se extiende como alargada plataforma de concreto por unos 40 ó 50 metros. Desde ahí, se proponía contemplar las estrellas y vigilar desde lo alto el paso de los trenes.

Fueron 130 años de historia en que la estación vio pasar revolucionarios, presidentes y miles de familias emigrar tras el reacomodo poblacional que vino con la posrevolución, la industrialización y la búsqueda de una vida mejor al otro lado del río Bravo; pero ahora, ya ni trabajadores había en lo que fue un poblado de estación. El edificio principal de aquella parada, suspiraba recuerdos de cuando albergó todo un cuerpo administrativo; y la fila de casas de ladrillo, ahora abandonada, ya no servía más que como punto de vigilancia en espera de la llegada de cada convoy.

Don Vicente se había acostumbrado al silente paso de las horas. A veces, sólo se oía el chillido de una lechuza, el grave ulular del tecolote o el aullar del coyote con su ancestral llamado de amor a la hembra en celo. Como siempre, todo era una rutina en paz. El hombre recostado se apoyaba en un codo para vigilar hacia el norte, en espera del siguiente tren que habría que supervisar.

De pronto, de pie y al fondo del techado, descubrió una joven mujer que lo observaba atentamente. Era una rubia platinada de larga y ondulada cabellera, de una belleza excepcional. Y fascinado en la contemplación, la vio deslizar lentamente su descalzo paso hacia él. Vestía unos shorts que dejaban ver la tersura de sus bien torneadas piernas y una camiseta de vestir que, sin sostén, no podía disimular un busto bien formado.

En aquella soledad, era insólita su presencia pues no había una mujer en kilómetros a la redonda. Lo primero que pensó fue que era una muchacha perdida en el monte que necesitaba ayuda; o, posiblemente, una inmigrante ilegal que habrían bajado de algún tren. En todo caso, era un verdadero agasajo a la vista. ...Y sonrió al pensar que tal vez le caía como un regalo celestial para acompañarlo en su solitario turno. No sabía que, quizá..., ¡no venía precisamente del Cielo!

La mujer irradiaba júbilo en la mirada. También desbordaba entusiasmo ante aquel encuentro; aunque tal vez sus motivaciones eran diferentes. Vicente intentó levantarse para darle una digna bienvenida y en ese momento, aquel encuentro tomó un sesgo diferente e inesperado: ¡No pudo mover ningún músculo de su cuerpo...! ¡Descubrió que estaba totalmente paralizado...! En su interior, luchaba y se revolvía en esfuerzos por pararse. Imposible...

En la promesa de un abrazo, la bella tendía entreabiertos los brazos en su avance hacia el inerme vigilante. Llegó ante él, dejó colgar las manos a los lados de sus caderas, y quedó parada, mientras lo observaba a todo lo largo en contemplación golosa. Se arrodilló, lo acomodó entre sus brazos, acercó su rostro hermoso a la faz del hombre, que miró asombrado cómo adelantaba los labios para plantarle un beso en la boca; tan apasionado..., tan profundo..., que sintió que le llegaba a la garganta..., al estómago..., al vientre..., que le aspiraba la vida..., el alma misma.

Aterrorizado, sentía que lo iba vaciando lentamente de todo su interior. Algo salía de su cuerpo que era succionado por la pálida visitante que iba virtualmente devorándolo en aquel beso mortal. Desde su interior, luchaba por gritar, por pedir auxilio para que alguien acudiera en su ayuda; pero era un guiñapo indefenso en brazos de la criatura de la noche, que le aspiraba cada rincón de su interior sin que pudiera defenderse.

El festín terminó… La mujer lo soltó y se levantó satisfecha. Su víctima quedó al piso, desmadejado, paralizado, con la mejilla pegada al cemento mientras contemplaba el camino por donde la vio llegar. El bello demonio dio media vuelta y se retiró al correr por el aire, a zancadas sin tocar la superficie. Al llegar al extremo, dio un salto a tierra y desapareció de la vista del vigilante que empezó a moverse y a levantarse penosamente.

Estaba débil, muy débil; pero caminó tambaleante alrededor del techo en busca de la mujer que lo había dejado sin fuerzas. Nada veía por los montes que rodean la estación sino la oscuridad y el silencio que ahora le daban miedo. De alguna manera, comprendió que había tenido un fatal encuentro con un demonio devorador que se había llevado toda su vitalidad.

Se frotó los labios… Los sentía adormecidos tras el beso fatal. Todo su ser temblaba en una debilidad extrema. Como pudo, bajó del techo y se refugió en algún rincón de la estación. De allí llamó por la radio para pedir asistencia a sus compañeros, que prestos llegaron y lo encontraron con la boca sumamente inflamada y con una historia que nadie creyó.

La mañana llegó y sus compañeros de trabajo lo observaban todavía extremadamente débil y con los labios muy hinchados. Fue ayudado a llegar a Lampazos de Naranjo donde su esposa tampoco pudo creer lo sucedido. En debilidad extrema, tuvo que pedir una incapacidad laboral. Sus amigos lo visitaban pero por lo increíble de estos hechos, se reían de la historia. Todos decían que la verdad era que había tenido una sabrosa aventura con la noctámbula. Creían que los besos fueron tan apasionados, ¡que así lo habían dejado...! Que aquella mujer había sido tan fogosa, que parecía que su intención había sido devorarlo. En su ignorancia, no sabían ¡qué tanta razón había en sus palabras!

Los días pasaron y se convirtieron en semanas. Vicente se consumía día a día. Perdía apetito, peso y posibilidades de trabajar y sólo el reposo y los cuidados de su abnegada mujer eran el único consuelo. Ahora, al verlo enflaquecido y pálido, todos empezaron a tomar en serio su relato sobre la noctámbula.

...Y ahí está todavía. Ya nunca recuperó peso. Por las noches, despierta víctima de terribles pesadillas: sueña la visita de una voluptuosa mujer que le sonríe y se le acerca con los brazos abiertos, ofreciéndole aquellos labios sensuales para un beso en el que le va la vida; aquel beso que fue su perdición.

Y usted, amigo que lee estas líneas: los devoradores nocturnos —llámense seres oscuros o vampiros— realmente no se llevan su alma porque ella pertenece al Todopoderoso. Son entes que en vez de chupar sangre le succionan toda su energía; son demonios de la noche que en ejercicio de su poder, suelen adoptar la forma que mejor les sirva a sus propósitos. Pueden tomar la apariencia de la más hermosa mujer para atraer al hombre a una trampa mortal; o pueden adoptar la forma del hombre más bello para atraer a su telaraña a mujeres solitarias. Llegan y se van igual que aparecieron: envueltos en el misterio y las sombras desde donde vigilan a su próxima víctima, que esta noche....

Podría ser usted...

*****

19
Reto al Diablo

La siguiente historia sucedió en el sur de Nuevo León, en una comunidad agrícola llamada Ejido Sandía, por tierras de Galeana.

Era el año 1968. En aquel poblado vivía la familia Sánchez que trabajaba el oficio de todos los lugareños, el cultivo de la tierra, combinado con la minería por los días libres. Doña María López era una mujer viuda que, sin apoyo de marido, había logrado sobrevivir con dignidad pues con la ayuda de sus hijos trabajaba la parcela, herencia de su finado esposo.

Sólo un problema tenía aquella abnegada mujer: Juan, uno de sus hijos, era un empedernido parrandero y jugador. Pero doña María no era débil, no evadía su responsabilidad y muy seguido, cumpliendo con su deber de madre, iba al choque con su vástago quien no entendía de razones aunque le dijeran que no era justo que a un tiro de dados o a un juego de cartas apostara y perdiera lo ganado en tantos días de trabajo. Que todo se debía al maldito vicio de tomar, pues al calor de las copas le ganaba el machismo y cada semana era lo mismo: borrachera, pérdida de dinero y, a veces, hasta los golpes de las absurdas peleas.

Una noche, la discusión llegó a los gritos y aspavientos entre madre e hijo. La pobre mujer —como siempre— se había desvelado esperando la llegada de Juan en el sobresalto de cómo llegaría: tal vez borracho, tal vez sin dinero, tal vez sangrando de la cara.

El muchacho no entendía ni la preocupación ni las razones de su madre; y lleno de coraje por la subida de tono en aquel regaño, le gritó con mucha convicción machista a doña María:

—¡Ya me tiene harto, mamá...! ¡Sepa de una vez que nadie me va a quitar mi gusto...! ¡Ni usted, ni el mismo Diablo...! Dando un sonoro portazo, salió otra vez de regreso a la cantina. Su casa estaba a un kilómetro del poblado y había que andar por una extensa área de montes deshabitados. Y Juan caminaba y caminaba con la razón nublada por el alcohol y el coraje y no se daba cuenta, que en su avance, el paisaje estaba cambiado. Andaba y andaba en la oscuridad porque la Luna se había ocultado tras una gruesa capa de nubes que ya había cubierto la región entera. Juan avanzaba mascullando su ira y, de pronto, se fijó que ya hacía tiempo que debería haber llegado a la cantina. Miró detenidamente alrededor y se dio cuenta que no era ni la senda, ni el paisaje en que debería estar. Los árboles no eran los mismos y los cerros eran otros. Súbitamente, brotada de la nada, una bola de fuego se precipitó a él. Al tenerla frente a sí, miró en medio del rojizo resplandor un rostro monstruoso que con las fauces abiertas se le echó encima. Juan, por instinto, se tapó la cara, y no supo más...

A la mañana siguiente, despertó en su cama, con su atribulada madre a un lado, con señales en sus cansados ojos de no haber dormido en toda la noche, velando el lecho de su hijo.

—Hijo, *¿pos'* qué te pasó...? Te encontraron tirado en nuestro establo... Todo duro del cuerpo y con esa quemada... Juan, sin decir nada, se miró la mano derecha con quemaduras de tercer grado. Nada dijo a su madre. Sólo abrazó a doña María y los ojos se le llenaron de lágrimas. Comprendió que había retado al Diablo y éste ¡le había respondido...!

Días después contó lo sucedido a su familia y, será verdad, será mentira; pero desde entonces, Juan ya no frecuentó la cantina ni volvió a jugar ni a los dados ni a la baraja. Hoy es un hijo cariñoso; y ya casado, es un esposo, padre y abuelo ejemplar que todavía observa las cicatrices en su mano y recuerda con terror y arrepentimiento aquel...

Reto al diablo...

*****

20
ALAS EN LA OSCURIDAD

Por todo Nuevo León se habla de contactos con animales fantásticos; por ejemplo, en un museo del norte del estado, se exhibe disecado el cuerpo de una víbora de cascabel de doce metros de largo que fue cazada por los indios y llevada a la autoridad, quien la disecó y puso en exhibición para asombro de la población y generaciones futuras. Fue guardada hasta nuestros días como testimonio de lo insólito.

De Villaldama a Nuevo Laredo se popularizó la historia de los pájaros gigantes, aves fantásticas que por las noches sobrevuelan nuestros cielos. Se les ha visto en solitario o en parejas, parados en un poste o en algún árbol en callada actitud de acecho; pero nadie cuenta que sean agresivos estos extraños pájaros que alcanzan la estatura de un hombre. Se cuenta también de una gran sierpe que ha asombrado con la abundante cabellera que por cabeza y lomos le ha crecido; se habla de un misterioso venado con tres ojos.

En Monterrey, por los alrededores del Cerro de La Silla y a lo largo del Cañón del Huajuco, a partir de los díceres del pueblo y un programa de televisión, se hicieron famosos los hombres pájaros; seres voladores con aspecto humano. Se les describía con el cuerpo desnudo pero cubierto de finas plumas y unas alas de tal vez ocho metros de lado a lado; se les veía volar antes del amanecer o a la caída del Sol.

Recordemos también que todo mundo se maravilló o se llenó de miedo ante las historias del *chupacabras*. Por algunos municipios del Estado se decía que el legendario ser se observaba; hasta que la historia se fue debilitando y hoy ha pasado a ser un mito más entre las cosas que la gente cuenta.

De Galeana, Nuevo León, a los pueblos de San Luis Potosí, se cuenta también de seres voladores fantásticos; pero éstos son relacionados con demonios y hechiceros. He aquí una de esas historias.

Proceso es un albañil potosino de origen campesino que relata una personal experiencia, que no sólo él ha vivido y que ha pasado a ser leyenda por aquellas regiones. Como cada verano, hace casi 40 años dejó Monterrey para ir a visitar a sus familiares en un poblado al norte de la ciudad de San Luis. Trabajaba en la construcción cuando muy joven dejó el hogar pero cada año iba a pasar una temporada con sus padres para ayudarlos con algo de trabajo en el campo. Aquella ocasión, la visita sería inolvidable.

La cosecha del maíz ya había pasado y ahora se ocupaba en ir cortando el rastrojo para formar *monas* y trasportarlo al patio de la casa del rancho para tener forraje acumulado por un buen tiempo. La pizca, la siega y el desgranado se realizaban a mano; en verdad que hacía falta su mano de obra por aquellos días.

Pero el terrible Sol de verano lo atormentaba; así que decidió ir a trabajar de noche, para aprovechar la frescura y la Luna llena que bañaba con su luz todo el paisaje. Se aplicó al trabajo canturreando a baja voz una tonada de la tierra.

Tumbaba las plantas secas y avanzaba, miraba de vez en cuando al frente para calcular qué tanto surco le faltaba. Ya llevaba unas 15 líneas trabajadas y todas las franjas a su derecha estaban tapizadas de rastrojo que luego levantaría y acomodaría en monas paradas.

Era ya como la una de la madrugada. El viento estaba frío; pero prevenido, él llevaba al trabajo una camisa gruesa de lana y una camiseta playera debajo.

De pronto, al levantar la vista, observó que al final del surco, como a unos cincuenta metros al frente, había "algo" que hacía unos minutos no estaba ahí. Era parecido a una gran brasa de un metro de alto que bañaba con tenue luz rojiza sus alrededores inmediatos.

Pensó súbitamente preocupado: "¡Ay, Dios…! ¡Eso no es cosa buena…!".

Y aturdido entre la preocupación y el trabajo, no supo qué hacer; sólo bajó la vista, se inclinó para seguir cortando, y rezó fervientemente pidiendo al Señor que lo amparara de todo mal. De vez en cuando veía al frente y "la cosa" seguía allí, esperando su llegada. Avanzó lentamente hasta quedar a unos 30 metros del extraño ser en acecho; y de pronto, al voltear al frente, el ascua se había apagado y del lugar se levantó una enorme ave negra de unos nueve metros de envergadura, que batiendo sus gigantescas alas se elevó hacia el cenit, plenamente recortada su silueta bajo la luz de la Luna.

El volador se elevó; y de pronto, se lanzó en picada sobre el pobre Proceso, quien con la rozadera en la mano, sólo se encogió y sintió que lo pasó tocando y siguió hacia la derecha. Levantó otra vez su vuelo y se volvió en dirección a él como preparando un ataque. Proceso se tiró al suelo y sintió la macabra caricia del monstruo alado que pasaba rozando sus ropas. El animal se levantó hacia su izquierda y nuevamente dejó caer su vuelo sobre el asustado e indefenso hombre, quien, sin embargo, ya no sintió que pasara junto a él. Parecía que, de pronto, la gran ave se hubiera evaporado en el aire.

Se levantó aterrorizado, miró hacia todos lados mientras aferraba firmemente la rozadera en la mano derecha como única arma y esperanza. Dio una vuelta en círculo.

Nada había ya a su alrededor; sólo la Luna que de lo alto seguía bañando de plata los campos semiáridos de aquella tierra seca.

Súbitamente, salida de no supo dónde, una férrea mano lo tomó de la camisa, por la espalda. Era una mano casi metálica por la firmeza y enorme fuerza que sintió; una fuerza no humana que al darle un tirón, lo hizo volar de espaldas como muñeco de trapo hacia el suelo que ya no sintió, porque había quedado inconsciente.

Abrió los ojos... Se encontraba tendido en la tierra, a más de cien metros de donde había caído. Estaba bocabajo y con la rozadera aún aferrada a su mano derecha. Se descubrió a sí mismo con el torso desnudo; le habían quitado camisa y camiseta con quién sabe qué fines. Esto lo llenó de espanto y se levantó de un salto para revisar su cuerpo y tratar de descubrir qué le habían hecho; pero nada, ni un rasguño, ni un moretón. Tal vez lo habían llevado allí volando; porque si lo hubieran arrastrado, tendría el cuerpo y la ropa llena de tierra.

Aún temblaba de miedo cuando, fue a buscar sus prendas. La camiseta estaba a unos cuantos pasos de él; más adelante estaba la camisa. Levantó los ojos al cielo estrellado para pedir una respuesta a una pregunta que jamás sería contestada. Empezaba a clarear. Con una historia imposible de creer llegó a su casa; y agotado, durmió hasta la tarde.

Por la noche salen a los campos seres increíbles, difíciles de aceptar como reales. Pero las experiencias ahí quedan: como testimonios insólitos, como misterios sin resolver porque nadie tiene ni tendrá jamás una respuesta a estos hechos que quedan para siempre en el mundo de lo incógnito.

Y usted, cuando camine de noche por los montes en su tránsito de un poblado a otro, tenga más cuidado de mirar el cielo en vez de los suelos que pisa. Usted también, alguna vez podrá escuchar el sordo batir de unas...

Alas en la oscuridad...

*****

21

EL FANTASMA
QUE ARRULLA

Don Rafael Veloz llegó de Ojuelos, Jalisco, y se acomodó a vivir en el ejido Nuevo Rodríguez en el año 1947. Hombre de mil oficios, se hizo vivir como agricultor, mecánico, molinero, comerciante, y de todo echaba mano para llevar el pan a su familia. Su esposa, doña María Esther y sus ocho hijos: Salvador, Elba, Antonio, Imelda, Juan, Gloria, Juanita y María de Jesús, llevaban una vida bastante apacible en el diario estudiar, trabajar y ayudar a sus padres en las labores de la casa y comercio.

Nomás llegando, don Rafael compró madera nueva para levantar una casa de cuatro habitaciones; una casa que ya por ese hecho se distinguía de las demás que eran viviendas hechas de adobe y techo de paja o de lámina. Otra cosa que los distinguía era que la familia Veloz tenía un aparato de radio de potente sonido que se ocupaba por las tardes en las series y radionovelas de la época como

153

"El Tuerto Abraján", "Historias de ultratumba" y "Apague la luz y escuche..." que se trasmitían desde la ciudad de México por la XEQ y la XEAW. Los campesinos se sentaban por las tardes y las noches alrededor de la casa, para escuchar las aventuras y echar a volar la imaginación sobre los algodonales que dieron vida a esta tierra.

Pero no todo era quietud en aquella casa. Los vecinos decían que, por las noches, el fantasma de una mujer se veía por el patio. Doña Esther la vio fugazmente por los cuartos. Los hermanos platicaban entre ellos de aquella presencia inquietante que por años molestó a la familia.

Don Rafael buscaba por los poblados de la región el ejercicio de sus oficios, así que varias veces tenía que dormir por los pueblos cercanos. La pareja dormía en un cuarto con dos camas; una de ellas la ocupaban sus hijas Imelda, de diez años de edad, y Juanita de cinco.

Una noche veraniega del año 1950, Juanita tuvo contacto visual pleno con aquella aparición de la que todos hablaban. Era después de la media noche cuando su sueño fue invadido por una inquietud que la despertó sobresaltada para descubrir la causa: una mujer estaba de pie sobre su cama. Con su alta estatura casi alcanzaba el techo, estaba ataviada con ropa normal: vestido blanco hasta media pantorrilla, un mandil del mismo color, unas bien tejidas trenzas largas, y tenía una cara de alargadas y finas facciones que por su belleza le recordaba a las gitanas; su rostro era hermoso, pero inexpresivo. Juanita quedó hechizada en la contemplación de aquella entelequia y sólo reaccionó cuando vio a la aparición inclinarse, extender los brazos y cargar suavemente a su hermana Imelda. La niña no despertó. El fantasma la acomodó en sus brazos y la meció al viento en un arrullo que a Juanita la llenó de curiosidad y miedo. El arrullo se extendió por largos minutos en que la misteriosa mujer seguía con el rostro el movimiento de sus brazos, con la vista fija en la niña que, inocente, dormía recargada en su pecho.

Al fin, dejó de mecerla y se inclinó para depositarla dulcemente en la cama. Luego, miró fijamente a Juanita y le tendió las manos como llamándola a sus brazos. La niña, llena de desconfianza y miedo ante la extraña, huyó hacia la cama de doña Esther que dormía profundamente. El espectro se deslizó por el aire hacia aquella cama y quedó parado ante la niña y su madre. Juanita, ya llena de espanto, balbuceó el nombre amado; aquél que la protegía de todo mal: "¡Mamá...!" El fantasma, huyendo, se desplazó en vuelo de regreso a la cama de Imelda y allí quedó de pie, en contemplación profunda sobre la niña, y luego voló otra vez sobre la cama de la madre dormida.

La niña volvió a llamar a su madre, quien no podía despertar de aquel sopor tal vez impuesto por el poder del espectro. Al escuchar la palabra mágica, la aparición regresó por el aire a la otra cama y otra vez cargó entre sus brazos el cuerpo inanimado de Imelda y la arrulló en actitud maternal durante largo rato. La miraba al rostro y parecía dibujar una sonrisa de ternura entre sus labios. Mientras tanto, Juanita insistía en llamar a su madre que tal vez se debatía en la inconsciencia, esforzándose por salir de aquel sueño que la vencía.

El espectro ya no insistió. Depositó tiernamente el cuerpecillo de la niña entre las sábanas; y dejando la cama, flotó hacia la pared. Ante la mirada atónita de Juanita, trepó caminando verticalmente; y a la mitad, dio un giro y se fue andando a lo largo de la pared con el cuerpo horizontal hacia un rincón, donde desapareció tal vez atravesando hacia el exterior. La pequeña quedó como polluelo acurrucada a su madre y se fue quedando dormida en la seguridad de que al amparo de su mamá, nada podría sucederle.

Al otro día, al platicar a sus hermanos lo ocurrido, nadie le creyó; pero un descubrimiento hizo que todos acudieran al cuarto de la aparición. A lo largo de la pared de madera, estaban firmemente pintadas las huellas de unos pies descalzos que se dirigían hacia el rincón donde desapareció la fantasma. Eran unos femeninos pies pequeños, grabados en una materia semejante a polvo arenoso; una especie de lodo seco que quedó firmemente adherido a la superficie. Todos se imaginaron a la mujer, a dos metros del suelo, que en una imposible posición horizontal avanzaba contra la ley de gravedad y el entendimiento humano. Las huellas quedaron ahí, indelebles, como prueba de la veracidad de estos hechos.

Con los cambios que vinieron por el fin del cultivo de

algodón, la familia Veloz tuvo que dejar para no volver el ejido Nuevo Rodríguez; y aquella casa quedó sola, para siempre suspirando en el recuerdo de cuando las manos de doña Esther la rodearon de macetas y plantas. Las buganvilias, los tulipanes, las teresitas y demás flores, fueron desapareciendo en el abandono. Pero cada vez que visitaban la casa de su infancia, hasta los años noventa todavía se observaban por la pared las huellas de los pies descalzos de la mujer fantasma, que huyó hacia su dimensión después de mecer entre sus brazos a una niña en un arrullo que se nos antoja macabro; pero tal vez, para la aparecida, eran manifestaciones de un amor que quedó perdido en el misterio.

Nada es para siempre y don Rafael y doña Esther ya pasaron al paraíso del Señor; pero aquella casa con sus viejas maderas está todavía ahí, a unos metros de la escuela "Ricardo Flores Magón", y quedó también esta leyenda, que tras más de medio siglo, se sigue contando como una historia más, cuya verdad aún es defendida por los testigos de estos hechos.

Y usted, no se espante si una noche despierta en el aire, arrullado al viento; flotando en el espacio mientras es mecido por una misteriosa y bella aparecida que le canta al oído una inaudible y tierna canción de cuna...

*****

<h1 style="text-align:center">22
La Llorona
en el río Salado</h1>

Muchos espectros femeninos han registrado la historia y la tradición: la Cihuateteo de toltecas y aztecas, fantasma de una madre muerta en parto que se aparece con el pelo lleno de serpientes, alacranes, tarántulas y el rostro descarnado; la mortal Xtabay de los mayas y la terrible Matlazinca de Oaxaca; estas últimas, demonios femeninos que seducen a los hombres con su cuerpo voluptuoso, para perderlos en la locura, o atraerlos a la muerte, al ahogarlos en las aguas de ríos y lagunas. Pero hay un espíritu ancestral que, según cuenta la tradición desde los tiempos de la gran Tenochtitlan y el México Colonial, vaga por cauces y estanques en busca de unos hijos perdidos; y mientras no los encuentre, su penar por el mundo de los vivos ha de prolongarse *por los siglos de los siglos*. Muchos aseguran haber escuchado solamente su llanto doloroso; otros

cuentan haberla observado a lo largo de alguna corriente, incluso por lagos y arroyos secos. Hoy presentamos una historia más de los espantables encuentros con la vieja estantigua. Esta ocasión, alguien tuvo la suerte fatal de encontrarse cara a cara con el fantasma de La Llorona, en el río Salado.

Don José Reyna, conocido afectuosamente en el pueblo como "El Negro", se encaminó al Salado aquella noche de verano del año 1967. Su plan era poner unas sogas río abajo del puente del Nogal, para que los peces se engancharan y atrapar algunos kilos de bagre y de pintontle para llevar a su mesa en el rancho vecino donde trabajaba. La noche era iluminada por una Luna de inicios de menguante que junto al titilar de las estrellas, daban suficiente luz para los ojos de don José, tan acostumbrados a la oscuridad que le permitían una perfecta visibilidad en medio de los montes donde toda la vida desempeñó su trabajo.

En su mente no cabían las fantasías ni los miedos a la oscuridad. Como buen hombre de campo, no le conmovían ruidos en el silencio nocturnal como los sonidos de lechuzas o el aullar de manadas de coyotes. Sabía de historias que se tejen en el folclor de los pueblos, pero los veía como algo lejano; como algo que nunca alguna vez lo alcanzaría.

Bajó el ancón con las cuerdas y anzuelos listos para ser atados y armados como trampa que le daría de comer al día siguiente. Pero al bajar a la orilla, vio que alguien se le había adelantado pues el remanso estaba ocupado. Al otro lado del cauce había una mujer acomodada de rodillas, lavando su larga cabellera.

En silencio la observó. Tal vez debía retirarse con discreción a buscar otro punto donde tender los anzuelos; pero lo atrapó la curiosidad al ver que la mujer estaba toda vestida de blanco; y según se apreciaba, era largo su vestido. Aunque hacía movimientos de enjuagar su pelo, no levantaba agua ni se oía su singular chapoteo. Con gran sobresalto llegó a una rápida conclusión: ¡Era una aparición...!

La mujer, con gran paciencia parecía asear a todo lo largo su cabellera; aparentemente sin darse cuenta que era observada por el asombrado campesino. Don José pensó que si era un fantasma, tal vez tendría relación con las historias de tesoros que se cuentan por el área del puente. Pensó que si era el espíritu guardián de alguna riqueza, él se daría valor para seguirla hasta donde desapareciera; y en ese lugar excavaría para descubrir el tesoro custodiado por aquel fantasma.

La aparición levantó la cabeza y se echó el pelo hacia atrás, en actitud muy femenina de hacer exprimir y escurrir el agua; pero al levantar el rostro, sus movimientos quedaron congelados y clavó su atención en el intruso, que empezó a sentir un leve temblor recorrerlo de las corvas a toda la columna vertebral. También don José fijó la mirada en la aparición y observó sus blancas carnes y las finas facciones que se nublaban a la altura de los ojos, que no veía, pero podía sentir la fuerza no humana en la mirada de aquella alma en pena.

De pronto, la mujer se elevó en el aire donde hizo lucir a plenitud su blanco vestido y su negra y larga cabellera. Flotó, con los brazos en descanso a los lados del cuerpo, tomó el centro del cauce, y en su vuelo a un metro sobre las aguas, se deslizó hacia el poniente del Salado al tiempo que lanzaba al viento un "¡aaaay...!" sonoro, desgarrador, dolorido y taladrante, que como eco rebotaba por las paredes de los barrancos laterales y petrificó de espanto al Negro Reyna. El hombre, tembloroso, se dio cuenta que había tenido un encuentro de frente con el fantasma de La Llorona que, como ha hecho durante siglos, sigue aún recorriendo los ríos y lagos de México en busca de sus hijos perdidos.

Sacudiéndose el terror que lo embargaba, recogió las sogas que nunca acomodó y escapó rumbo a su rancho, donde los perros lo recibieron entre aullidos de miedo y con la pelambre del lomo erizada, como manifestación del horror animal que los llenaba con sólo haber escuchado el terrible grito del fantasma.

Han pasado 40 años desde aquel escalofriante suceso, y todavía resuena en la memoria de don José el grito horrible y atormentado del alma en penitencia cuyo origen se pierde en la niebla de los tiempos. Y dice don José

Reyna, repasando sus recuerdos: "Es un grito tan fuerte y doloroso, que taladra las sienes, arrebata el alma de espanto y hace que se derrumbe el ánimo del hombre más valiente...".

Lo que no sabe don José es que muy pocos en la historia han visto de frente a la terrible entelequia y han sobrevivido; muy pocos conservaron la cordura después de ser mirados de frente; después de quedar cara a cara ante su terrible presencia.

Mientras tanto, usted, si alguna vez, de paso por un río se ve de frente ante una mujer que se baña en la corriente: ¡cuidado...!, o es la mortal Matlazinca, o es el alma ancestral de La Llorona; y en cualquier caso, debe usted tener miedo..., mucho miedo...

*****

23
No menciones nunca al Diablo

Muchas veces, las peleas en familia se dan sin comprender que al romper la paz en el hogar, estamos contribuyendo a romper también la paz universal y esto provoca que se cimbren las dimensiones y se provoque inquietud entre entidades ajenas a nuestro mundo. Nadie puede matar a un pequeño hijo de la Creación sin que toda ella se convulsione; nadie puede sacudir su alma en ira sin llamar a las iras que nos contemplan desde lo incógnito. Así es como se da una extraña historia en que el odio despertó a los seres oscuros que habitan el universo y llegaron para hacernos una terrible visita.

Platicaba mi abuela que en los tiempos en que era ella una niña, allá por el año 1929, vivían en un rancho de Galeana, Nuevo León, y una noche, el viento soplaba con tal intensidad que al pasar por entre alambradas y árboles

provocaba un silbido que hacía que los vellos se pusieran de punta. En lo alto, la Luna llena plateaba el paisaje que rodeaba casa y corrales. Esa noche, mi abuela, de nueve años de edad, discutía airadamente con su hermana mayor. La discusión era por causas menores, pero el fuerte carácter de las niñas las hacía llegar hasta los golpes por cualquier desacuerdo. Mi bisabuelo no pudo aguantar más. Las separó violentamente y tras un manazo a cada una, en castigo por aquella riña, las echó en medio de la tétrica noche y les ordenó que se sentaran en una roca algo retirada frente a la puerta, hasta que se les bajara el enojo.

—¡Aquí no las quiero peleando…! ¡Se me quedan ahí sentadas hasta que se contenten…!

Las dos hermanas, con los brazos cruzados al frente en actitud rebelde, se miraban de soslayo mientras el enojo y el sacudimiento de la pelea aún agitaba su respiración sin ceder una ante la otra mientras parecían bufar de coraje. El viento hacía volar su pelo y vestidos, pero ellas clavaban la mirada en el suelo, invadidas de rabia.

Así las cosas, todavía su mamá salió y las sentenció:

—¡Ándenle, güercas chuchas…! ¡Se les va a aparecer el Diablo por peleoneras…!

Las dos contestaron al mismo tiempo con un mohín de reto y otra vez empezaron a discutir entre sí. Mi bisabuela trató de callarlas y parecía que la pelea se reanudaría en cualquier momento; pero algo sucedió que las hizo volver la mirada hacia todos lados. De repente, un soplo de viento todavía más fuerte y frío dejó a las tres sumidas en gran silencio. Miraron alrededor, y levantaron la vista a la Luna que redonda y blanca parecía también contemplar aquellas vidas en conflicto. Luego, a su oído llegó el sonido de unos pasos de caballo entre los pedregales que parecía avanzar hacia ellas.

Su mamá, como entendiendo que algo desconocido se acercaba, les dijo, quizá con el ánimo de asustarlas a ver si así se aplacaban:

—¡Ándenle...! ¡¡Es el Diablo que viene por ustedes...!

¡Y para pronto, corrieron al interior de la casa! Su padre también se dio cuenta de aquellos raros sonidos y entró en preocupación. Asustados, entre todos cerraron puertas y ventanas sin dejar pasar ni el viento que, de pronto, parecía luchar por penetrar en la casa y se colaba por las rendijas de puertas y ventanas. Los pasos se escuchaban cada vez más claros; caracoleaban entre las piedras y se escuchaban sordos al pisar en tierra. Por fin, llegaron hasta las paredes de la casa.

El hombre, en su papel protector, se armó de valor y puso en su mano un machete que colgaba de una pared de la cocina. Su mujer le suplicaba:

—¡No salgas, viejo...! ¡No sabemos qué es eso...!

Pero en la necesidad de defender a su familia, el hombre de la casa salió decidido a investigar qué era aquello que rondaba en medio de la noche.

No había caballo alguno. Solamente, parada en una esquina de la casa, vio una figura femenina. Era una mujer inexpresiva, pálida, alta y delgada; vestida de largo vestido negro, con la cabellera oscura colgando a la cintura y ajena al vendaval que agitaba los árboles. Al ver que flotaba sobre el suelo, supo al instante que estaba ante un ser del más allá, y quedó frente a ella entre el miedo y la obligación con su familia. Pudo más su valentía y se acercó al espectro con el machete en alto.

La aparecida se alejaba a la misma velocidad con que él se acercaba, desplazándose por el aire a unos centímetros del suelo; si corría, ella se deslizaba a la misma velocidad de él. Así, parecía que nunca le daría alcance. Pero decidido a no dejarla acercarse a su familia, la siguió alrededor del jacal y luego por el rumbo de la noria. El espectro se dirigió hacia las nopaleras y el valiente, con el arma en alto, no cejaba en su persecución. Pero cada vez que trataba de acercarse para darle un buen tajo, ella, con extraña habilidad, se alejaba; hasta que el persecutor se cansó y decidió regresar a su casa.

Al dar la media vuelta, a lo lejos vio que junto a la puerta volvió a aparecerse la mujer; y ante la aterrorizada mirada de su esposa e hijas, fue cambiando su figura hasta transformarse en un animal. Era ahora un robusto perro negro, grande, de hirsuta pelambre, con brillantes ojos rojos y grandes colmillos, que iba acercándose agazapado como preparando un ataque.

Cuando llegó blandiendo el machete, la bestia negra dio unos pasos atrás emitiendo un ronco gruñido. Pero el hombre, decidido a defender a los suyos, le lanzó un certero machetazo que hubiera partido en dos a cualquier animal, pero todos vieron asombrados que nada le hizo; sólo se escuchó un golpe calcáreo como si el machete hubiera golpeado sobre un cuero seco, sin vida. Aunque sin daño alguno, el perro del Infierno dio la media vuelta y se fue; pero a unos pasos, se evaporó ante los atónitos testigos de esta historia.

Después de aquella experiencia, jamás volvió ninguna aparición a presentarse en la casa, quizá porque las dos hermanas dejaron de pelear entre ellas, o tal vez porque la madre entendió que nunca debió mencionar al Diablo como medio para terminar con las rencillas familiares; pues el demonio es rápido en sus respuestas ante todo aquél que lo invoca. Así, la paz volvió a aquel hogar y los entes del más allá ya nunca sintieron el llamado a nuestro mundo.

Y esta noche, antes de dormir, usted tampoco invoque al Diablo ni con el pensamiento. No vaya a ser que en su cama se acuesten dos; y de pronto, a la media noche, descubra que ya son.... ¡tres!

*****

24
LA VISITA
DEL MUERTO

La presentación de la siguiente leyenda nos lleva a una reflexión: ¿después de morir, nuestros seres queridos estarán aún al pendiente de nosotros? La tradición popular dice que sí, y se apoya en múltiples testimonios. Es la siguiente historia, una respuesta más a esta ancestral interrogante.

Era el año 1925. En uno de los cuartos de aquella alta y antigua casa del histórico poblado de Lampazos, doña María buscaba afanosamente la escritura de una propiedad que necesitaba vender, pues su reciente viudez la tenía ahogada en problemas económicos. Ya tenía al comprador, solamente había que llevarle los papeles que acreditaban la propiedad. Aquella escritura, expedida a principios del siglo XIX, tenía que aparecer. Afanosamente volteó toda la casa mueble tras mueble, en búsqueda desesperada; pero nada...

Una mañana que salió a la tienda del pueblo a surtir la despensa, y dejó en casa una joven ahijada suya que le ayudaba en el quehacer doméstico, tendría por fin una respuesta a la preocupación que la embargaba por esos días.

La joven planchaba en el primer cuarto que da a la puerta de la calle, cuando vio que se paró en medio del marco un hombre de edad madura quien, risueño, pareció reconocerla de inmediato, porque le preguntó:

—Oye, ¿no eres tú hija de Juanita y nieta de Josefa...?

Como estaba en lo cierto, se ganó la confianza de la muchacha y entró un paso al interior. La joven, confiada en la simpatía que irradiaba el hombre, le preguntó en qué podía servirlo o a quién buscaba; y solamente recibió una respuesta:

—Dile a María que la escritura que busca está en la castaña grande, casi en el fondo. Que no se te olvide...

Dicho esto, el desconocido dio media vuelta y se retiró. La muchacha no tuvo tiempo de preguntar su nombre; pero, al fin, se olvidó del asunto y siguió absorta en el vaivén de la plancha.

Cuando llegó su madrina, le dio el recado, mas no supo dar razón acerca de quién era el visitante. Llena de curiosidad, la señora buscó en la gran castaña; y en efecto, como había dicho el visitante ahí estaban aquellos papeles por los que tanto había rogado a Dios. Sus problemas económicos habían terminado.

Esa misma tarde, la viuda acudió a la voz de su ahijada

quien la llamaba. La joven estaba parada en la sala ante una de las paredes, y le dijo señalando una vieja foto del siglo XIX:

—¡Éste es el señor que vino en la mañana, madrina...!. ¡es él!

Doña María quedó callada, sin saber cómo empezar la explicación que, sin duda, llenaría de miedo a la muchacha. Y ambas quedaron asustadas ante la verdad del acontecimiento: aquel hombre del retrato era su abuelo. Tenía 20 años de muerto.

*****

25
LOS GUATEPINGOS

Muchas historias de encuentros con lo desconocido se dan a lo largo y ancho de nuestro país así como del mundo entero. Muchas veces, el viajero se topa con criaturas extrañas que le dejarán una experiencia inolvidable y al regresar a su tierra, llevará algo diferente que contar. Este es el caso de la profesora Josefina, quien mientras trabajaba en un escondido ejido del lejano estado de Veracruz, fue testigo de un hecho que hoy compartimos con nuestro público lector.

Era el año 1982. Josefina, maestra neoleonesa, se encontraba trabajando en la escuela rural del ejido Mata Naranjo de aquel selvático estado, que por influencia de las cercanas aguas del Golfo de México, es una tierra húmeda; sus montes son exuberantes y habitados por una variada vida silvestre que puebla de sonidos exóticos las verdes arboledas. Pero por la noche, otros sonidos y otras

criaturas acuden a la espesura. Y la maestra, alojada en casa de la familia León Martínez, empezó a escuchar las historias que la gente cuenta. Los vecinos del lugar escuchaban las voces de la selva y contaban historias de personajes extraños. Josefina, al fin mujer de ciudad grande, no creía las consejas de la gente y se reía de las ocurrentes historias sobre los duendes de la selva, que los lugareños llamaban los "guatepingos".

Un día, la profesora tuvo que acudir a una junta en Jalapa y regresó con el peso de un gran cansancio por el largo y accidentado camino. Aunque ya era noche, la señora de la casa la esperaba, y amablemente le ofreció algo para cenar; ofrecimiento que la cansada mujer rechazó porque el sueño y agotamiento más bien le exigían un buen descanso. Así que se vistió con su ropa para dormir, apagó la luz, y se acomodó en su cama esperanzada en caer en el sueño reparador que le permitiera levantarse temprano a seguir su rutina de trabajo.

De pronto, algo la estremeció al momento en que iba cayendo en la inconsciencia. Un fuerte estirón le arrebató la sábana hacia los pies. La jaló hacia ella sin pensar en nada por el cansancio que la embargaba; pero otro estirón más enérgico se llevó completamente la sábana hacia el piso, a los pies de la cama.

Y al voltear hacia abajo, vio claramente un desnudo niño, casi un bebé, que la miró fijamente y corrió a esconderse bajo su lecho. Con un grito llamó a la señora para decirle que su pequeño estaba en el cuarto molestándola.

La buena mujer acudió presurosa al cuarto y le preguntó por las características del niño. Josefina repitió que era un pequeño de menos de año y medio y completamente desnudo. La señora se empezó a reír como festejando una travesura; pero aclaró que no se trataba de su hijo que dormía plácidamente en el cuarto de al lado. Josefina escuchó extrañada la explicación:

—¡Ay profesora! ¡No es ningún niño! ¡A usted le hizo una diablura un guatepingo...!

—Pero, ¿qué es eso...? —preguntó intrigada Josefina.

—Los guatepingos, maestra, son niños que han muerto sin ser bautizados y sus almas quedan en el mundo para hacernos travesuras. Aquí cerca hay una milpa donde salen y le avientan elotazos a la gente que pasa por allí; y tras la travesura, las risas. Muchos niños se ríen de la diablura. Y si la gente corre asustada, las risitas se multiplican y se convierten en carcajadas infantiles.

Josefina, aunque quedó muy sorprendida, no creyó la historia que escuchó.

Al llegar las vacaciones de verano, regresó a Monterrey y compartió esta experiencia con sus familiares y amigas. Las compañeras de trabajo se maravillaban de la descripción del paisaje jarocho y las ricas y raras comidas; pero, sobre todo, de los guatepingos. Y sin poder aguantar la curiosidad, subieron a su carro para una excursión al bello Veracruz. Llegaron a Mata Naranjo y fueron recibidas por la hospitalaria familia León Martínez que las llevaría y traería por todos los lugares dignos de visitar para asombro y maravilla de las muchachas. Pero había un pendiente: Sin poder acallar su curiosidad, preguntaron por la historia de los guatepingos. Y tras recibir toda la información, preguntaron cómo podrían ver a esos seres que las habían llenado de interés.

—Esta noche, al caer el Sol, vayan a pasear por las milpas... Allá ustedes... —contestó la señora entre sonriente y grave.

Al crepúsculo, cuatro jóvenes guiadas por el señor León, montaron unos pencos viejos con rumbo a los rastrojales. Al acercarse, los comentarios se callaron y los sentidos se agudizaron. En verdad querían un contacto con los duendecillos del maizal; y en la naciente oscuridad, de pronto los caballos se negaron a avanzar. Las cinco bestias se pusieron nerviosas y amenazaban con encabritarse.

—¡Espero que deveras estén listas! —les dijo el viejo ranchero.

No bien había acabado de pronunciar estas palabras, cuando de entre el maizal empezaron a volar elotazos que impactaban en caballos y jinetes. Tras la primera tanda de proyectiles, quedaron todas calladas sin saber qué hacer. Luego, una risa infantil se oyó en la oscuridad..., y se le agregó otra..., y otra más..., hasta que un coro creciente de macabras carcajadas de niños llenó el espacio. No hubo nada que decir... El viejo azuzó los cinco caballos y en apresurado trote desandaron el camino. Al llegar a la casa, todas se soltaron llorando presas de un pánico que habían contenido por minutos. Larga se les hizo la noche para salir huyendo de aquellas tierras a las que no debieron ir. Mientras tanto, allá a lo lejos, las risitas fueron apagándose. Los pequeños seres del maizal quedaron quietos a la espera de una nueva oportunidad, cuando algún otro foráneo curioso quisiera asomar a su existencia.

Así que usted, si desea un encuentro con lo desconocido, desde este espacio también lo invitamos. Allá en el ejido Mata Naranjo, por usted también están esperando unos pequeños...

Los guatepingos...

*****

26
LAS DOS LECHUZAS

Era el año 1945. Don Juan Rodríguez tenía aproximadamente 30 años de edad. El hoy plácido bisabuelo recuerda que partía de su ejido El Potrero a caballo, atravesaba los montes de Galeana por una larga brecha que lo conducía al ejido La Caballada, a unos diez kilómetros de distancia de su casa, por los límites del sur de Nuevo León y Tamaulipas. La misión era comprar un par de sacos de maíz para la siembra y la jornada tenía que hacerla a temprana hora, pues iba a lomo de caballo; y al regreso, con la bestia ocupada en los costales, tenía que caminar para llevar el animal al cabresto.

El día se le iba ocupado en varias diligencias; y cumplida la misión, regresaba ya en horas de la noche con la vista fija en la distancia, calculaba cuánto le faltaba para llegar al hogar. El cansancio lo atormentaba, pero lo consolaba el pensar que en poco más de una hora, se tendería por fin en su cálido lecho.

Era cerca de la media noche cuando, a un lado del

camino, escuchó entre la espesura voces femeninas que parecían platicar en una animada charla que de vez en cuando estallaban en alegres carcajadas. Lleno de curiosidad al imaginar mujeres en aquella soledad y a esa hora, con cautela se deslizó agazapado entre matorrales, mientras las voces seguían en perorata constante. Nada veía a su alrededor pero al levantar la vista, invadido por un súbito miedo, vio que dos lechuzas, extrañamente luminosas, reposaban en la rama de una anacua; y era de sus picos de donde salían las voces y risas que escuchó. No había duda: ¡se encontraba ante dos brujas!

Ahora estaba en una duda: o se retiraba tan sigilosamente como había llegado, o trataba de enfrentar aquella amenaza pues si lo descubrían, sabe Dios qué intentarían contra él. Tenía un arma, la más efectiva: sabía la oración de *Las doce verdades del mundo*.

Y empezó santiguándose *en el nombre del Padre, del Hijo y del Espíritu Santo*, para luego entrar de lleno en las primeras letanías:

—*Las doce verdades del mundo que son base firme de nuestra santa religión: Primera. De las doce verdades del mundo decimos una. Una es la Santa Casa de Jerusalén donde Jesucristo crucificado vive y reina por siempre jamás, amén... Decid la segunda: La dos, son las Tablas de Moisés donde dejó grabada su Divina Ley...* —Y así siguió hasta llegar a la verdad de los 12 apóstoles.

Al empezar la oración, las dos lechuzas quedaron tan

quietas, que parecían ya atrapadas; pero ya avanzadas las letanías, cayeron al suelo mientras gemían y convulsionaban como afectadas de alguna enfermedad. Terminadas *Las doce verdades*, de pronto, se sentaron ya convertidas en un par de mujeres desnudas que, cubriendo con las manos sus partes íntimas, dolorosamente se quejaban ante su captor. Una de ellas le preguntó suplicante:

—¿Por qué nos has hecho esto? ¿Es que algún mal has recibido de nosotras?

La otra rogaba:

—¡Suéltanos! ¡Nada te debemos! Sí, somos brujas; pero somos brujas blancas y ahora veníamos de curar a una mujer de Montemorelos. ¡Nosotras no somos malas!

—Si son buenas, ¿qué hacen a estas horas de la noche y por qué se convierten en animales para viajar? —les preguntó desconfiado e inquisidor.

Una de ellas le contestó: —Tú no sabes... No entiendes... Es nuestro conocimiento, es nuestra facultad; pero eso no significa que seamos seres malignos.

Ya con algo de duda y abriendo paso en su interior, don Juan les preguntó:

—¿Quiénes son ustedes y dónde viven?

—Mira, mi nombre es Carlota y el de ella es Catarina. Somos del ejido El Tragadero que está en terrenos de Tamaulipas. ¡Suéltanos ya, por favor!

Catarina terció en la conversación y le dijo algo más:

—Óyenos, por favor... Nosotras dos te invitamos a

que nos visites en El Tragadero y serás bienvenido. Somos dos mujeres que, con su trabajo, algún dinero hemos acumulado y te prometemos que serás bien atendido y recompensado; pero ¡déjanos ir porque si la luz del Sol nos encuentra aquí tiradas, perderemos la vista y luego la vida! ¡Y nosotras, no te hemos hecho nada...!

Como quiera, don Juan las retuvo entre silencios de duda, preguntas, respuestas y más silencios; hasta que empezó a sentir compasión por aquellas hechiceras, quienes después de todo, sólo eran dos mujercitas madres de familia. Ya convencido, empezó a decir *Las doce verdades* al revés: en primer lugar los 12 apóstoles y al final *el nombre del Padre, del Hijo y del Espíritu Santo.*

Las mujeres empezaron a levantarse penosamente, sobando cada una de sus articulaciones adoloridas, mientras le reiteraban su agradecimiento y su invitación al Tragadero. Le aseguraron que nunca olvidarían su deuda con él. Luego, una nube luminosa las envolvió y las elevó cubriéndolas completamente; y de allí, salieron dos lechuzas en vuelo gritando todavía: "¡Muchas gracias, Juan...! ¡Te esperamos en nuestra casa!".

Un mes después, don Juan, con algo de curiosidad, en un coche exprés se fue a investigar por los alrededores de El Tragadero; y tras preguntar entre vecinos por doña Catarina y doña Carlota se encontró con que eran dos personas muy apreciadas en la comunidad por su generosidad, sus dotes curativas y, además, tenían tiendas de abarrotes por la región.

Al fin, se presentó ante ellas y lo recibieron con grandes muestras de afecto como si fueran amigos de toda la vida. Le procuraron alojamiento, lo invitaron a cenar y al otro día le llenaron el coche de despensa, herramientas y le dieron dinero como un regalo que no podía rechazar. Con esa cantidad, podría comprar algunas vaquillas y borregos. Emprendió contento el regreso al Potrero mientras se juraban amistad eterna.

El punto del encuentro con las dos lechuzas está como a 20 kilómetros de La Caballada, y de esta comunidad hasta El Tragadero hay 50 kilómetros. Las brujas le platicaron que podían cubrir en una noche una distancia de más de cien kilómetros.

No sabemos qué habría hecho usted en el lugar de don Juan: si habría perdonado a las brujas o las habría matado sin atender sus razones. Son decisiones que se dan según el entendimiento de cada quien; pero este encuentro fue una extraordinaria experiencia que don Juan llevó en su memoria toda la vida; y se la contó a sus hijos y a sus nietos; y nos la cuenta a nosotros, que la contamos a usted como una historia insólita pero verdadera; como una tradición de los descendientes de don Juan Rodríguez y como una leyenda más de estas tierras norestenses.

*****

27
DE PARRANDA CON EL DIABLO

El extremoso calor ha popularizado la creencia de que en Anáhuac se revolcó el Diablo una ocasión que fue aporreado por millones de hormigas coloradas. Desde entonces, quedó todo así de caliente y con dos tipos de hormigas: las coloradas que conservaron su color tras el ataque al chamuco; y las negras, que quedaron así al tatemarse con el pellejo del pingo.

El calor de esa región nos hace pensar en la cerveza, en el Infierno, en el demonio; y hasta dicen que una vez el Diablo anduvo paseando por Anáhuac y un buen viejo cuenta a sus descendientes y amigos, una historia que atestiguaron varios camaradas de su tiempo. Cuenta que él anduvo ¡de parranda con el Diablo!

Así pues, eran los años 50, y por aquel tiempo le tocó trabajar en el panteón. Don Jesús (nombre ficticio, pues

100
100 PESOS

desea guardar el anonimato), para trabajar más cómodamente, decidió desempeñar su trabajo por la noche, cuando el fresco hace menos pesado el abrir los pozos para morada de los finados. Ahí también estaba dedicado a la albañilería pues construía gavetas y sencillas lápidas; así que, como la Muerte nunca faltaba a sus citas, a él tampoco le faltaba el trabajo y estaba bastante ocupado y contento porque tenía asegurado el pan para su familia.

Ya sabía de las historias macabras que se cuentan acerca de los panteones pues estar rodeado de difuntos, y de noche no era algo agradable para muchos; pero a él, hombre incrédulo, se le resbalaban las consejas que sobre esqueletos danzantes y cualquier otro tipo de aparecidos se contaban entre la población y trabajaba sin preocupación alguna, al darse el lujo hasta de quedarse de vez en cuando a dormir sobre alguna tumba. Total que, los muertos, muertos están; y si algo podía hacerle realmente daño eran las terribles asoleadas que a diario se daba con el talache en la mano.

Una noche de viernes, aproximadamente a las once, dio por terminada su labor y decidió quedarse a dormir ahí, al arrullo del viento y las estrellas. No quería llegar a su casa a la media noche interrumpiendo el sueño de su familia; y acomodó por ahí sus herramientas para luego sentarse sobre una lápida a quitarse las botas de trabajo y descansar en el sabroso sueño que ya lo invadía. Al levantar la vista de las cintas desanudadas, se sobresaltó al descubrir de pronto un hombre ante él. No supo de dónde vino, no lo vio ni oyó llegar; sólo de pronto apareció frente a él.

Don Jesús, hombre confiado en la buena fe de la gente del pueblo, lo saludó afable:

—Buenas noches, amigo... ¿Qué anda haciendo por aquí, a estas horas?

El recién llegado, de gran estatura, vestimenta negra y norteño sombrero del mismo color, le contestó con voz clarísima y afinada pronunciación en cada palabra:

—No soy de aquí... Voy de paso... Le propongo que me lleve a conocer el pueblo. Quiero tomar, conocer gente y lugares. Venga a tomarse unas cervezas conmigo. Usted beberá lo que quiera y no va gastar ni un centavo. ¿Acepta...?

Don Jesús se sentía muy cansado y al principio, rehusó aceptar tan tentadora invitación; pero al insistir el extraño, sintió que no podría negarse. Cuando menos lo pensó, ya se había abrochado otra vez las cintas y caminaba hacia el poblado en compañía del desconocido.

Como era fin de semana, la vida nocturna en la estación Rodríguez estaba en su apogeo. El primer lugar que tocaron fue el billar y cantina de Rosendo. Ahí entraron y llegó la primera tanda de cervezas que el extraño bebía como agua. Don Jesús le hacía preguntas a las que respondía con razones crípticas, como eludiendo las respuestas directas, así que mejor se dedicó a observarlo consumir botella tras botella mientras él, que tenía fama de buen bebedor, iba quedándose atrás.

El extraño parecía atento a cada parroquiano. Sin expresión alguna, con los ojos de mirar taladrante bajo el negro sombrero; y con aquella bien recortada barba y estilizado bigote, cuando trataba de ser amable, parecía su sonrisa un gesto de ferocidad por los blanquísimos y largos dientes.

El cantinero los observaba a la distancia y se acercó de pronto a la mesa:

—Ya han tomado mucho, Chuy. Paguen y salgan del negocio...

El buen hombre miró extrañado a su amigo y lo llevó a un rincón para hablar con él en privado, y pedirle explicaciones sobre el porqué lo corría de su cantina.

—Mira, Chuy: no es por ti... No sé qué tiene tu amigo que no me gusta verlo en mi negocio... ¡Vete...! ¡Llévatelo, por favor...!

En ese instante, el desconocido estaba ya al lado de ellos. Con ojos de mirar intenso y una fiera sonrisa, preguntó por la cuenta. Al saber la cantidad, puso al frente la mano y exhibió la palma vacía, mas al cerrar y abrir los dedos, apareció la cantidad exacta en pesos y centavos. El cantinero tomó tembloroso el dinero y subrayó lo dicho a su amigo con un ademán de cabeza señalando hacia la puerta.

Fueron a otra, y a otra cantina; y en el abrir y cerrar de la mano aparecían en la palma las cantidades exactas y repitiendo esta tétrica demostración, llevaron sus andanzas hasta la zona de tolerancia.

El hombre, con una sonrisa que espeluznaba, miraba a todas partes, fijaba la vista en todos los rostros que se difuminaban en el humo de cigarro y las luces rojas que intentaban dar un toque sensual a los tugurios. Le pidió que lo llevara a cada uno de los antros que componen la zona y don Jesús lo guiaba por todas las pistas de baile, privado de voluntad propia.

La noche avanzaba. El hombre de negro bailaba con cuanta mujer bonita veía, repartía en prestidigitación generosos puños de dinero. Don Jesús, miraba con la voluntad nublada cómo aquel tipo raro tomaba y tomaba sin sentir ni siquiera un poco los efectos del alcohol; tal vez habría agotado él solo todas las existencias de una cantina.

Era un auténtico fenómeno. Pero eran ya las cuatro de la madrugada y luego de sacudirse el hechizo, se acercó al desconocido. Aunque con algo de timidez, con firmeza le participó su decisión de retirarse.

Esta vez, el extraño no le insistió; al contrario, le dijo con la escalofriante sonrisa:

—¡No, señor...! ¡Usted no se va solo...! Conmigo vino, y conmigo se va... Vamos... Lo llevaré a donde nos encontramos...

Quiso resistirse; pero el hombre, o atemorizaba o avasallaba a todos con su palabra e imponente presencia. De pronto, ya iban caminando rumbo al panteón. El altísimo sujeto iba pegado como sombra a su lado y hasta le llevaba una mano en el hombro. No supo a detalle nada más del camino; no supo por dónde llegaron o cómo atravesaron la alambrada de púas que rodeaba el cementerio. Sólo de pronto se vio otra vez sentado en la lápida desatándose las cintas mientras el ocasional amigo, otra vez de pie ante él, le decía:

—Muchas gracias... Ya tomamos, y vi mucha gente interesante. Todo se lo debo a usted...

Don Jesús levantó la vista para agradecer con alguna palabra de cortesía por toda aquella ronda de abundante bebida. De pronto, con gran sobresalto, se puso de pie y buscó por todos lados. ¡El misterioso hombre había desaparecido...!

Se sentó lleno de confusión, pensaba que tal vez todo era un sueño, pero el grado de embriaguez en que se encontraba y las cuatro y media de la mañana en su reloj eran la prueba de que todo lo vivido era cierto.

Al otro día recorrió otra vez los centros de vicio, para recordar detalles de esta aventura; y parroquianos y cantineros le comentaban las sensaciones de miedo que despertaba su "amigo".

Nunca pudo dar razón sobre el acompañante que jamás se identificó ni dio respuesta alguna; pero, desde entonces, entre la población corrió esta historia en la que el mismo don Jesús quedó convencido de que tuvo el espantable "privilegio" de haber estado...

¡De parranda con el Diablo...!

*****

Por las tierras norteñas se han dado sorprendentes historias de curanderos milagrosos; desde la Santa de Cabora en el árido Sonora, hasta el Niño Fidencio de las secas tierras de Mina, Nuevo León. Cosa curiosa: los grandes curanderos se han manifestado en las más desérticas tierras del país; y en el municipio de Anáhuac, Nuevo León, de labios de quienes lo conocieron, se ha conservado intacto el recuerdo de Cruz Álvarez Castro, una historia para contar y maravillar a las nuevas generaciones como...

28
La leyenda de Crucito

Todo empezó cuando por el año 1956 don Andrés Ortiz, un ranchero de aquellas tierras, fue a visitar unos familiares a San Luis Potosí. Ahí conoció a un niño de once años de edad que, huérfano de padres, sufría el

maltrato de sus hermanos mayores y tíos que por todo lo golpeaban. La intolerancia que se manifestaba en crueles castigos había pintado en el rostro de aquel niño un permanente gesto de tristeza. Por cosas del destino, sus caminos se cruzaron y don Andrés, que estaba muy necesitado de un pastor de cabras, le propuso el empleo. El rostro del pequeño se iluminó con un rayo de esperanza y aceptó inmediatamente. Crucito sería pastor en aquel rancho por las cercanías del ejido Nuevo Anáhuac.

El niño era de complexión robusta y bajo de estatura, piel aperlada y cabello ondulado. La vida que hasta allí había llevado lo hizo callado y taciturno; sin embargo, tuvo la suerte de entablar amistad con Reyes, un joven de su edad quien lo integró a la comunidad y tuvo la fortuna de conocerlo más de cerca que nadie.

A los 17 años de edad, poco o nada había cambiado ni en su vida ni en su carácter solitario; pero buscó nuevos aires y, para entonces, ya trabajaba en el rancho Santo Tomás de don Raúl Flores. Siempre en la compañía de Reyes, la edad de dieciocho años lo sorprendió; pero también un extraño mal que pocos pudieron atestiguar: a Crucito le daban convulsiones parecidas a la epilepsia.

Una ocasión, Reyes lo vio derrumbarse en medio de las cabras. Con la mirada vidriosa, rodaba entre sacudimientos por abrojos y nopaleras. La sangre brotaba de sus carnes heridas, mientras unas voces retumbaban en el aire en gritos roncos e ininteligibles que parecían regañar e insultar al humilde muchacho. Reyes volvía la vista a todas partes, asustado de aquello que sucedía ante sus ojos. De pronto, todo acabó. Su amigo quedó tendido, denotaba un ostensible agotamiento.

Reyes, conmovido, venció su miedo y se apresuró a levantarlo. Lo recargó en el tronco de un mezquite e intentó sacudir la tierra de sus pobres vestimentas. Asombrado, descubrió que heridas y sangre habían desaparecido. Crucito, jadeante y débil, sólo le dijo:

—No te asustes por lo que viste y oíste. Esas voces no te van a hacer nada.

—¡Pero, mira lo que te pasó! ¡Parece que estaba golpeándote y te azotaban contra las piedras y matas espinosas! ¿Por qué te hacían eso?

—Ya hace meses que me visitan y me piden que haga cosas que no quiero. Cuando los hago enojar, me castigan así.

—¿Te visitan...? Pero, ¡¿quiénes te visitan..?! —preguntó Reyes presa del pánico y escalofríos que le recorrían la espalda.

—Hace tiempo se me presentó uno que decía que era un espíritu y me dijo que querían usar mi cuerpo como "caja", como "materia", para hacer curaciones a mis semejantes; que yo estaba hecho para recibirlos. Y cuando me negué porque me daba miedo, se enojó mucho y ya no dejó de molestarme. A veces era él, a veces era otro, a veces eran varios; todos con el mismo reclamo. Cuando ya no pudieron convencerme, empezaron a golpearme y a revolcarme con violencia para obligarme a aceptarlos; pero yo tengo miedo... No sé qué es todo esto que está pasándome.

Los meses se sucedieron después de aquella ocasión. Crucito, mientras tanto, levantaba cuatro cuartos de adobe a orillas del ejido. Se había convertido en un joven todavía más triste y atormentado. Al fin, un día renunció a su oficio de pastor y se recluyó en un cuarto. Nadie recuerda cuándo ni quién fue su primer paciente, pero Cruz Álvarez ya no pudo soportar la tortura y empezó a curar.

Las piernas cruzadas, sentado en el suelo o a veces en un banco de poca altura, recibía al enfermo. Se untaba en las sienes un ungüento hecho por él mismo, respiraba hondo, se le ponían los ojos en blanco cuando su espíritu dejaba el cuerpo y entraba en su ser un espíritu de sanación que empezaba a hablar por labios de aquel improvisado curandero, que prestaba su cuerpo como caja para alojar seres iluminados, espíritus desencarnados dedicados a hacer el bien a los mortales. Las voces salían a veces roncas, a veces agudas, a veces femeninas, a veces infantiles; pero nunca la voz original de Cruz Álvarez, que empezaba así a forjar en torno suyo una leyenda que jamás será borrada de las memorias de los pueblos que atestiguaron su paso por la vida.

Llegaron de todo el municipio y luego de la región; de todas partes del país, y luego de otras naciones desde Alaska hasta Sudamérica. La fila de enfermos llegó a medir cientos de metros y a medida que iban saliendo curados o con un tratamiento en la mano, la columna de gente sin esperanza seguía creciendo en un interminable campamento de personas desahuciadas por los médicos y la medicina moderna.

Crucito fue haciéndose de una gran colección de animales exóticos como venados, caballos pony y cabras de diversas especies; pero lo que más destacaba, eran las aves pues las tenía de los más raros ejemplares, sobre todo palomas, faisanes traídos de Oriente, pavos reales, gallos japoneses cuyas plumas de la cola colgaban dos metros, pájaros de diverso color y canto; pero no era por una tendencia excéntrica, sino porque de los fluidos de las aves extraía líquidos para elaborar aceites, pomadas y extractos que utilizaba para sus curaciones. Tuvo dos ayudantes que fielmente lo atendían en sus necesidades y las de sus animales; ellos fueron Reyes Ruiz y Joaquín. Una vez, mientras estaba invadido por un espíritu de sanación, llamó a Reyes a su cuarto para darle instrucciones:

—Camina a lo largo de la fila y verás dos japoneses con un intérprete. Tráelos ante mí pero sólo a los dos extranjeros. El traductor no puede entrar.

El trabajador caminó mientras buscaba por la columna y, efectivamente, vio a dos orientales que esperaban entre los enfermos. Los llamó y los llevó hasta la puerta, donde detuvo al intérprete. El traductor, confundido ante aquella orden, alegaba que cómo se daría la comunicación sin él. Pero las instrucciones eran precisas: él no sería recibido. Los extranjeros entraron a la pequeña habitación y le plantearon sus problemas de salud. El espíritu contestaba en perfecto japonés que brotaba por los labios de Crucito. Aquella experiencia demostró que para los espíritus no existen impedimentos de nacionalidad y que Cruz Álvarez Castro era un curandero sin límites.

Cuando en la fila se encontraba un curioso, un burlista o un hombre de mal corazón que tenía inconfesables proyectos para el resto de su vida una vez ganada la salud, Crucito enviaba a sus ayudantes para decirle que el bien no es para aquellos que viven en el mal. Y aunque a veces ponían alguna resistencia, irremediablemente dejaban la columna y partían de regreso a su tierra. Parecía que un espíritu volaba sobre la fila asomando a los corazones y detalles particulares de cada enfermo porque, cuando llegaban ante el curandero, él ya sabía sus nombres, lugar de origen y sus padecimientos. Nadie podía jugar con Crucito y, por tanto, sentían por él un gran respeto.

Los años pasaron. La fama de Cruz Álvarez había llegado a internacionalizarse aún más; y con esto, la envidia llegó también a tocar su puerta. Una demanda por uso ilegal de la medicina le fue levantada:

—Yo no uso ninguna medicina. Mis remedios son a base de hierbas, pomadas y aceites que yo mismo hago...

Otra demanda se levantó en su contra por enriquecerse explotando la necesidad de la gente:

—Señor, yo no cobro por curar. Nadie puede decir que le haya fijado una cuota. Si un rico quiere donar algo, es su voluntad. Yo no le pido nada. Si un pobre no tiene, hasta les doy alimento y para su pasaje de regreso. Lo mío es un ministerio de curación y tres cosas tengo prohibidas: el alcohol, el dinero y la mujer...

Se cuenta que los médicos de la región, al no hallar modo de perjudicarlo, decidieron hacer las paces con él y lo invitaron a una comida en la casa de uno de ellos en ciudad Anáhuac. El curandero asistió de buena fe. Lo recibieron con elogios y frases amistosas y fue sentado al centro de aquellos seis o siete galenos celosos ante aquél que ya los tenía sin clientes.

Reyes se sentó a su lado y los platillos fueron servidos. Crucito puso los ojos en blanco mientras olfateaba su plato; luego dijo a los presentes:

—Señores, aunque no debería, les doy las gracias por esta invitación. Y no debería, porque han abusado de mi buena disposición al servirme un plato envenenado.

Los doctores se miraban unos a otros en esperar que alguien rebatiera al invitado. Al fin, uno de ellos se acercó con sonrisa nerviosa:

—No, Crucito... ¿Cómo crees que te haríamos algo como eso? Si nosotros también estamos dedicados a curar y no a matar gente.

—Le creo, doctor... Pero si usted también lo cree, le cambio mi plato por el suyo...

El médico dio un paso atrás sin saber qué contestar. Todos quedaron callados, desviaban la mirada cada vez que Crucito los veía a los ojos ofreciéndoles su plato. Al fin, el curandero se sentó otra vez; les dictó la fórmula del veneno que habían vaciado en su comida y terminó con estas palabras:

—...Pero está bien. Quiero que sepan que me voy a comer este veneno y nada me va a suceder

Y ante el silencio de sus anfitriones, comió despacio, saboreó bocado a bocado su platillo mientras Reyes, asustado, lo había retirado lejos de sí. Al terminar su comida, salió sin decir una palabra más ni dirigir siquiera una mirada a los médicos, que de pronto, habían perdido el apetito.

Crucito paseaba por las noches caminando entre la gente que hacía campamentos pegados a las paredes de las casas vecinas o bajo mezquites y huisaches, esperando que llegara un nuevo día para otra jornada de curaciones. Sentía una gran compasión por todas aquellas personas enfermas, y esa fue su desgracia.

"Desde el principio, los espíritus me han dicho que debo curar sólo durante ocho horas y descansar hasta el día siguiente. Si abuso del horario, un día mi espíritu no va a poder volver a mi cuerpo y me voy a quedar ido, sin alma... Pero al ver tanto sufrimiento, ¿cómo voy a negarme atender a toda esa gente que padece?" Le confesó a sus ayudantes.

Y Crucito fue debilitándose al grado que la más leve enfermedad lo recluía en cama por tres o cuatro días. Tenía unos 33 años de edad y sus movimientos eran penosos por un cuerpo prematuramente achacoso. Había pagado caro el precio de su piedad. Había envejecido anticipadamente...

No cumplía aún los 35, cuando recibió una enérgica advertencia de los espíritus de sanación. Salió con paso tambaleante, y ante el asombro y desilusión de visitantes y enfermos, despidió a todos al decir que estaba muy débil, que ya no podría curar nunca más. Y la fama de Crucito empezó a apagarse. Se acabaron las filas por la calle de su casa. Sólo se dedicó a atender a sus animales, a preparar sus remedios misteriosos y a tratar de seguir adelante con lo que le quedara de vida.

Ocasionalmente curaba, pero en casos de muy especial recomendación. Fue así como ante Crucito fue llevado don Fidel, afectado de extraño mal que lo tenía mortificado con dolores de cabeza, huesos y músculos. Sentía que le faltaba el aire y era atormentado por repentinas alzas en la presión; y, lo más desesperante: ya tenía dos meses sin dormir.

Aquella primera sesión en que fue recibido, Crucito sentado en su banco lo recibió afable y en seguida se untó la pomada en las sienes; respiró profundamente y, en la exhalación, los ojos se le torcieron mostrando sólo lo blanco. Una voz ajena, con acento jarocho, brotó de la boca del curandero. Paseó la ida mirada por su cuerpo, lo recorrió de arriba abajo y le dijo:

—"Ya estás muy *quemado*... Has visitado médicos, yerberos, brujos, y nadie ha podido. Tu mal es un "degendrado", quiere decir que éste es un mal que se lanzó a uno de tus padres cuando aún no nacías. A ellos no los afectó pero con los años te cayó a ti. Necesito desintoxicar tu cuerpo, reunir todas las sustancias malas hacia las costillas, hacia un lugar donde puedan extraerse y el tratamiento será largo. Si la "caja" estuviera en buen estado, tu mal se curaría en tres meses, pero como Cruz ya está muy débil puede llevar años. Ten paciencia. Ten fe. Vas a ser sanado."

Y empezó un largo tratamiento que sólo consistía en baños con agua de hierbas en remojo y otras veces con agua de plantas hervidas. Las plantas tenía que buscarlas por los montes vecinos y otras, más exóticas, comprarlas en los mercados de la localidad y la frontera. Pero el primer baño fue de esperanza pues, tras la primera aplicación, por fin pudo dormir diez horas seguidas. Los espíritus le recalcaban que la "materia" ya no daba más de sí. Quc incluso su vida estaba en peligro por atenderlo a él.

"No sabemos por qué nos llamó, si ya no debería hacer esto. Pero nos habló, y aquí estamos para ayudarte", le decían al enfermo por labios de Crucito.

Las consultas fueron cada dos semanas y, a veces, Crucito lo recibía en la puerta y le decía que los espíritus ya habían llegado y le habían dejado alguna variante en el tratamiento. Se dio la confianza mutua, la conversación, el intercambio; y a la pregunta del estado de salud del curandero, éste contestaba:

—Ellos me advirtieron que debía sujetarme a un horario. Que en cada trance, el médium se agota físicamente. Que yo perdía una irrecuperable gota de sangre a cada hora de trabajo, que irremediablemente me iba a debilitar e iba a pagar por mi desobediencia. Yo les decía que sentía mucha pena por la gente que me buscaba, y ellos estaban de acuerdo en que tuviera buenos sentimientos, pero que me costaría caro no seguir las reglas. Yo pude llegar a viejo curando, pude llegar a viejo a mi tiempo. Ahora, ya no tengo remedio. Estoy acabado...

A los dos años de pacientes curaciones, don Fidel pudo volver a su trabajo en el rancho. Poco a poco recuperó la salud y a los cinco años, la voz de los espíritus le avisó que estaba completamente sano. El tratamiento había terminado y don Fidel sería uno de los últimos pacientes del curandero milagroso.

Unos años después, Crucito fue sacado del ejido Anáhuac y llevado muy grave a un hospital de Sabinas Hidalgo. Igual que a Juan Bautista, se le prohibió el vino y la mujer; e igual que a Cristo, se le prohibió también el salvarse a sí mismo. El 3 de enero del año 1994, la noticia corrió veloz por todas las comunidades: Cruz Álvarez Castro, de 49 años de edad, había muerto.

De los pueblos del norte de Nuevo León, Coahuila y Tamaulipas, llegó gente de toda clase social a hacerse presente en el velorio. En la misa de cuerpo presente y en el cortejo fúnebre, acompañaban al hombre de los milagros.

...Y en el Panteón de Sabinas quedó una cruz con su nombre, un nombre que empezó a ser historia desde 1956 cuando fue traído a estas tierras aquel hombre portentoso cuyo extraño destino es todavía un enigma y una leyenda más para contar a las nuevas generaciones.

*****